AF140172

Paul Hendrik Trilling

Der weiße Kasuar

Roman

Bibliografische Information der Deutschen Nationalbibliothek:
Die Deutsche Nationalbibliothek verzeichnet diese Publikation in der Deutschen Nationalbibliografie; detaillierte bibliografische Daten sind im Internet über http://dnb.dnb.de abrufbar.

Lektorat/ Korrektorat: Prof. Dr. Dr. Norbert Brieden

Herstellung und Verlag: BoD – Books on Demand, Norderstedt

ISBN: 978-3-7347-0077-4

PROLOG

Benommen öffnete Tajo das marode Fenster, gleißend helles Licht fiel in seine Augen. Zittrig hob er seine Hände in Richtung Sonne, die Finger gekrümmt, als hielten sie die Fäden einer gequälten Marionette. Dort draußen spielte sich Merkwürdiges ab: Ein Feuerball durchzog sein noch unscharfes Blickfeld, in Kutten gekleidete Männer bildeten eine menschliche Pyramide, die im nächsten Moment lautlos in sich zusammenfiel. Seine Schläfe pochte. Noch immer trug er das von Erde und Moos gescheckte T-Shirt, das vor kaltem Schweiß an seinem Oberkörper klebte. Müde blickte er sich um: Der Raum war karg, klein und enthielt kaum Mobiliar. Erhellt durch die schräg einfallende, schnurgerade Lichtflut mutete die staubgetränkte Luft dort wie die Geburtsstunde einer neuen Welt an. Partikel flimmerten, blitzten auf, schwebten zu Boden. Über ihm durchzog ein bedrohlicher Riss die gewölbte Decke im Scheitelpunkt; die daran angrenzenden Steine begannen zu bröckeln. Ein modriger, feuchter Geruch lag in der Luft, als würde ihn das Gemäuer mit seinem strengen und uralten Atem anhauchen. Ein Satz wiederholte sich ständig in seinem Kopf, ein Gesprächsfetzen, der sich verzweifelt an einem Vorsprung seines Gedächtnisses festklammerte:

Dies ist der Anfang, nicht das Ende.

Er versuchte zu rekonstruieren, was passiert war, und wo er sich befand. Behutsam setzte er sich auf die mit Stroh gefüllte Matratze des Betts, das hinter ihm an der Wand auf vier morschen Kanthölzern ruhte. Dann zog er eine Dose mit Pillen aus seiner Tasche, von denen er eine Handvoll mit hastiger Bewegung in seinen Mund beförderte. Er wandte seinen Blick erneut zum Fenster: Der Rahmen war etwas schief, wie er nun bemerkte, automatisch neigte er zum Ausgleich seinen Kopf.

Die Welt vor seinen Augen, dort hinter dem schrägen Rahmen, drehte sich schneller als gewohnt. Besser, sie wieder zu schließen, entschied er und legte sich hin. Nach Sekunden war er bereits eingeschlafen.

EINS

Als ich Tajo das erste Mal traf, saß ich von Insektenstichen übersät auf einer Bank vor einem kleinen Bahnhof in Bolivien.

Die Stiche, die mich wie einen dieser invertierten Marienkäfer aussehen ließen, kamen mir nun vor wie Relikte einer längst vergangenen Zeit. Damals, als ich noch mit meinem Kumpan unterwegs war, um Abenteuer zu erleben, die Luft der Ferne zu atmen und andere Welten zu entdecken. Welten, die mir seit jeher so unwahrscheinlich fern schienen, dass ich sie bis dahin nur als Schauplätze abenteuerlicher Geschichten im Sinn hatte. Urwald, Steppe, Wüste, Inka, Che Guevara – das alles hatte ich bislang irgendwo in Sichtweite des Nimmerlands verortet.

Und doch – nun war ich hier, an einem dieser unwirklich fernen Orte, und ich musste mir eingestehen: in manchen meiner kühnsten Träume erhoffte ich mir, selbst Teil einer solchen Geschichte zu werden.

Die vergangenen zwei Monate in Peru und Bolivien hatten Spuren an mir hinterlassen, wie es sonst nur Jahre vermögen. Es stimmt, was man sagt: Es ist jeder einzelnen erlebte Tag, der einen Menschen zeichnet. Doch dieses kurze Dasein setzte sich für mich aus mehr zusammen als nur aus Tagen: Es war, als durchströmte mich eine Flut ungeahnter Horizonte.

Für unsere Reise hatten wir das uns am würdigsten erscheinende Fortbewegungsmittel gewählt – den Meister an Energieeffizienz und Entschleunigung, den perfekten Kompromiss aus Geschwindigkeit und eigenem Tempo: zwei bis an die Zähne bepackte Reise-Fahrräder – Garanten für körperliche Tortur.

Als unseren Ausgangspunkt wählten wir Lima in Peru, wohin wir uns und unsere Fahrräder einfliegen ließen. Von dort ausgehend hatten wir uns eine grobe Route zurechtgelegt: hinaus aus der Stadt auf die Panamericana, entlang der peruanischen Küste in Richtung Süden, an geeigneter Stelle links, in Richtung Machu Picchu und Cuzco, dann hier scharf rechts, Richtung Süden zum Titicacasee und schließlich zu dem Flughafen von La Paz in Bolivien, von wo aus es wieder in Richtung Heimat gehen sollte.

Wir hatten geplant, die komplette Strecke zusammen zurückzulegen und auch gemeinsam wieder in den Flieger zu steigen. Doch wie so oft kam es etwas anders: Auf der peruanischen Seite des Titicacasees trennten sich unsere Wege. Ich hatte nun doch etwas mehr Zeit im Gepäck, und somit verblieben mir noch ein paar Wochen, in denen ich das Altiplano und andere Landstriche Boliviens auf eigene Faust erkunden konnte. Hin und wieder traf ich Gleichgesinnte, mit denen ich vereinzelte Etappen bestritt, die meisten Meilen fuhr ich jedoch alleine über den staubigen Asphalt. Jede Begegnung auf dieser Reise wäre eine Geschichte wert gewesen, doch die wahrscheinlich interessanteste, und somit Beweggrund für diesen Bericht, fand am Bahnhof der Stadt Oruro statt. Dort tauchte Tajo wie eine Erscheinung neben mir auf.

Nach Wochen des Radfahrens hatte ich mich entschlossen, ein Stück bis zur großen Salzwüste *Salar de Uyuni* mit dem Zug abzukürzen. Es war früher Nachmittag und mir verblieben noch einige Stunden, bis mein Zug in den Bahnhof einfahren sollte. Indessen manövrierte ich mein beladenes Rad auf den Vorplatz des Bahnhofsgebäudes und nahm dort auf einer der Holzbänke Platz, nachdem ich einige Tauben vertrieben hatte, die sich auf den morschen Planken um eine zerfetzte Brottüte stritten.

Der Bahnhofsplatz war durch einen blauen metallenen Zaun umrahmt, sodass sich das Treiben der Stadt auf die Straße dahinter begrenzte. Ich schlug die Zeit tot, indem ich den Trubel dort beobachtete, ein paar Zeilen in mein Tagebuch kritzelte und mein Rad auf Vordermann brachte.

Irgendwann schloss ich für einen Moment meine Augen, um mein Gesicht der Sonne zuzuwenden. Dann, als ich sie wieder öffnete und etwas benommen zur Seite blickte, grinste er mich an. Kurz zuckte ich zusammen: Ich wusste nicht, wie viel Zeit vergangen war, ob ich eingeschlafen war oder einfach nur nicht gehört hatte, wie er sich neben mich setzte. Nun war er jedenfalls da und offenbar sichtlich erfreut und amüsiert, einen Gringo wie mich hier an diesem Ort vorzufinden. Ein paar Momente musterten wir uns nur. Seine Augen waren leuchtend und voller Glanz. Und dennoch: seinen Blick dominierte das Schwarz in seinen Augen, als ob sie ihrer Aufgaben langsam müde würden oder Trauer trugen. Seine Haut schien mir ledern, doch dabei zerbrechlich wie gealterter Papyrus. Sie war wie ein Filter des Lichts, an dem Unwillkommenes zerschellte und sie dadurch welken ließ. An seiner linken Schläfe bemerkte ich eine wenige Zentimeter lange, grob verheilte Narbe. Man sah sie nicht auf den ersten Blick, erst wenn er sein Gesicht im richtigen Winkel ins Sonnenlicht hielt, schimmerte sie etwas, wie eine feine Perlmuttschicht.

Sein Alter schätzte ich auf vielleicht Fünfzig, er wirkte lebenserfahren und auf eine unerklärliche Art altersmilde, aber dennoch neugierig wie ein kleines Kind. Er hatte graumeliertes, kurzes Haar und trug radlertypische, eher funktionelle Kleidung; von seinen abgelaufenen, löchrigen Turnschuhen lösten sich die hellblauen Sohlen bereits langsam ab. Auch er war mit dem Fahrrad unterwegs: Es war wie eines der vielen Räder, die ich bei einheimischen Radreisenden bestaunen durfte, ein altes, umgebautes und geschundenes

Mountainbike, dem man die zurückgelegten zehntausende Kilometer deutlich ansah.

Die Metallkonstruktion des Rads war übersät von einer Patina aus nachlackierten und unbehandelten Roststellen sowie grob geschweißten Nähten. Die Streben waren mit Flaggenstickern und bunten Bändern verziert. Jeweils links und rechts der Räder hingen improvisierte, aber fest verwachsene Radtaschen aus robustem gräulichen Kunststoff. Mein Vehikel war dagegen der reinste Luxus auf zwei Rädern.

Es kam häufiger vor, dass man Radreisende auf den Straßen traf. Man teilte die gleichen Strapazen, die gleichen Handicaps der Fahrräder, die gleichen unbeschreiblichen Erlebnisse auf dem Weg. Ein kurzer Erfahrungsaustausch am Straßenrand, oder ein ausgedehnter wie hier vor dem Bahnhof, half einem dabei, sein Reisemodell auf Dauer nicht als vollkommenen Wahnsinn zu betrachten. Tajo und ich waren somit ebenfalls bereits nach wenigen Worten auf einer Wellenlänge. Wir waren beide unterwegs über die Weite des Altiplano, der Hochebene Boliviens, und auch er wollte seinen Weg etwas abkürzen, indem er eine der wenigen Eisenbahnstrecken des Landes nutzte. Sein Weg führte jedoch in Richtung Norden, meiner gen Süden. Wie er mir berichtete, war er am Morgen dieses Tages in der Stadt Villazón, an der südlichen Grenze Boliviens eingestiegen und dann, kurz vor unserem Treffen, hier in Oruro angekommen. Eilig weiterzureisen hatte er es offenbar nicht, oder wie er es ausdrückte: „Mit geschickt verteilter Langsamkeit erreicht man sein Ziel um einiges schneller."

Darauf musterte er mich kurz und drückte ohne Vorwarnung auf ein besonders großes Exemplar meiner zahlreichen Mückenstiche am Arm. Er lachte laut auf und sagte: „Du siehst ja aus wie ein Marienkäfer – nur andersherum!"

Ich erzählte ihm, wie ich meinen Fahrradreifen an einer Flusssenke zu flicken versucht hatte. Für die omnipräsenten kleinen Blutsauger stellte ich in den paar Minuten wohl so etwas wie ein Schlaraffenland neben zwei Rädern dar. Tajo unterdrückte nicht ganz erfolgreich ein hämisches Grinsen und nickte dann mitfühlend. Ich kratzte mich am Hals. Dann begann er zu erzählen. Es verblieben noch einige Stunden, bis mein Zug in Richtung Süden eintreffen würde – er hatte einen dankbaren Zuhörer gefunden.

ZWEI

Puebla Cubierto, Argentinien April 2015

Seit einigen Monaten war Tajo bereits unterwegs auf seiner Tour quer über den Kontinent. Wenn er nicht gerade auf seinem Rad saß, lebte er in einem kleinen Dorf an der südöstlichen Küste Argentiniens namens Puebla Cubierto, wo auch diese Reise seinen Anfang genommen hatte.

Sein Leben abseits der Straßen gestaltete er dort ebenfalls so frei wie möglich: Ohne große Ansprüche hangelte er sich mit Gelegenheitsjobs durch die Tage und Monate und meisterte es ziemlich erfolgreich, sich keinerlei Verpflichtungen zu unterwerfen. Dafür eignete sich dieses kleine verschlafene Nest hervorragend, denn Ehrgeiz oder Streben nach Wohlstand zeichneten die Bewohner von Puebla Cubierto nicht gerade aus.

Unverkennbar schlug sich dies im Stadtbild nieder: An den mit grobem Splitt bedeckten Straßen des Ortes standen verfallene Steinhäuser neben rostigen Straßenschildern, die ab und zu vom Küstenwind angeregt hin und her schwangen. Nur selten fuhr ein in die Jahre gekommener, knatternder Pickup über den Schotter, sodass eine Unzahl an Straßenhunden es sich dort die meiste Zeit bequem machen konnte, um das zerzauste Fell zu wärmen.

Der Ort befand sich küstennah auf einer Landzunge, die von oben betrachtet aussah wie ein Wassertropfen, der sich zielstrebig von der Landmasse lösen wollte. Auf der Grenze zwischen der Pampa und Patagonien gelegen, war die Landschaft hier bereits kahl und trist, und nur wenige Besucher verirrten sich freiwillig in die quadratisch angeordneten Straßenzüge. Doch wenn man die Wunder der Natur suchte, war man hier genau richtig: Selbst mit dem Fahrrad waren es nur wenige Tagesreisen zu den Seelandschaften der Anden oder den Gletschern Feuerlands.

Doch so sehr Tajo die wackeren Menschen und das langsame Leben in Puebla Cubierto schätzte, eine längere Zeit hielt er es hier nie aus, denn trotz allem waren hier zu wenige Straßen und zu viele Wände, die ihn einengten. Im Grunde war es somit nur eine Art Basiscamp für seine Reisen.

Auch vor dem Aufbruch zu dieser Tour hatte er nur wenige Wochen in seiner kleinen Behausung verbracht, um die nötigsten Vorbereitungen zu treffen und die dringendsten Reparaturen an seinem Rad vorzunehmen: Der Rahmen war an der hinteren Gabel angerissen, was er bei einer kleinen Autowerkstatt im Tausch gegen etwas Mithilfe im Lager schweißen ließ. Die Kette, Bremsen und Ritzel konnte er gegen wenig gebrauchte ersetzen; seine Radtaschen flickte er mit verschiedenfarbigen Stoffen zu einem bunten Patchwork – wohl wissend, dass sie bereits nach wenigen Kilometern auf der Straße erneut unter einer braunen Staubschicht verhüllt sein würden.

Nachdem er schließlich noch das nötigste Proviant für die ersten Tage, saubere Wäsche und sein altes Militärzelt am Rad verstaut hatte, war er guter Dinge, endlich wieder die geraden Straßenzüge gegen gewundene Andenpässe tauschen zu können. Als erstes Etappenziel hatte er sich das kleine Dorf Patay im Norden Argentiniens gesetzt, in dem einer seiner ältesten guten Freunde, Miguel, lebte. Für diese Strecke würde er etwa zwei Wochen unterwegs sein, schätzte er.

Doch es sollte anders kommen. Während der letzten Monate hatte Tajo nebenbei in einem kleinen Restaurant am Hafen Puebla Cubiertos namens La Covacha ausgeholfen, indem er Fische entschuppte und Teller spülte. Die Arbeit war eintönig und anstrengend, aber für ein paar Stunden mochte er solche

Tätigkeiten, für die man seinen Kopf nicht so richtig brauchte und die Gedanken schweifen lassen konnte.

An diesem Tag, kurz vor seiner geplanten Abreise, hatten ungewöhnlich viele Gäste den Weg in das Restaurant gefunden. Wie sich herausstellte, hatte einer der großen Reiseveranstalter das Dorf in seine Route aufgenommen, und nun machte einmal pro Woche ein Reisebus voller Touristen an der Promenade halt. Eigentlich hatte der unmittelbar am Meer gelegene, kurze befestigte Straßenabschnitt nicht gerade viel Sehenswertes zu bieten, wenn man von den fast idyllischen Reihen bunter Fischerboote an den Bootsstegen absah. Die meiste Zeit verbrachten die Touristen deshalb auf weißen Plastikstühlen an weißen Plastiktischen der Restaurants, verkapselt in Fischerhüten und Sonnenbrillen, und tranken Inca Cola und lauwarmes Bier zu frisch gefangenem, durchfrittierten Fisch.

Für gewöhnlich plätscherten die Tage dort hinten in der Küche so dahin, nur selten wurde es hektisch. Doch heute musste er sich tatsächlich anstrengen, um dem Koch zügig genug zuzuarbeiten. Er schnappte Kommandos auf, die zum großen Teil vom Rauschen der Bratorgien in den wagenrad-großen Pfannen geschluckt wurden. Der schweißtreibende Dunst konnte nur durch ein winziges Fenster entweichen, das, vom Fett vergilbt und von Insektenschutzgittern verhangen, seine Funktion so gut wie eingebüßt hatte. Der rostrote Ventilator in der Ecke lief auf Hochtouren, auf seine alten Tage jedoch unrund, sodass er am Ende mehr Lärm als Luft in den Raum wälzte. Man hatte das Gefühl, der sich stetig drehende Rotor-Kopf suche verzweifelt einen Ausweg aus diesem Konglomerat aus Schweiß, Fett und beharrlicher Tristesse.

Tajo zerlegte in diesem Moment einen stattlichen Seehecht, der Plastikgriff seines Messers klebte mittlerweile förmlich an seinen Händen. Das orange-weiße Schweißband wippte an seinen pochenden Schläfen auf und ab. Mit dem bisschen Luft, die er entbehren konnte, pfiff er durch die Zähne eine alte Melodie, die ihm durch den Kopf ging. Als er gerade die Arbeitsfläche für einen Berg weiterer Meerestiere vorbereitete, bis die Unterlage nur noch schwach rosa vom Fischblut schimmerte, durchfuhr ihn ohne Vorwarnung ein kalter dolchstoßartiger Stich im unteren Rippenbogen, der ihn in sich zusammensacken ließ. Er war nicht zimperlich, dennoch erwischte es ihn mit solcher Härte, dass er sich mit schmerzverzerrtem Gesicht an der Tischplatte festhalten musste. Es war wie der Sog in einen Abgrund, in dessen Schlund er panisch schaute und der keine anderen Gedanken duldete. Mit letzter Kraft klammerte er sich an einen Vorsprung, um nicht hineinzugeraten, und begann zu zählen, um die Kontrolle über sich zurückzuerlangen. Wer zählt, bestimmt, wann es vorbei ist, versuchte er sich krampfhaft einzureden. *Einundzwanzig, Zweiundzwanzig, Dreiundzwanzig …*

Schon seit einigen Tagen zwickte es ihn ab und zu in der linken Bauchhälfte, bisher hatte er dies jedoch gekonnt ignoriert. *Vierundzwanzig, Fünfundzwanzig.* Er riss sich zusammen, um nicht laut aufzuschreien, alles spielte sich in seinem Inneren ab. Nur zischendes, tiefes Ein- und Ausatmen zeugte von außen betrachtet von seinem Zustand. Der Koch, der mit dem Rücken zu ihm stand, bekam nichts davon mit – das Fett in der Pfanne vor ihm knisterte weiterhin ohrenbetäubend laut. *Sechsundzwanzig, Siebenundzwanzig.* Langsam, viel zu langsam flachte der Schmerz ab, und Tajo blinzelte schwer atmend in das neonweiße Licht unter der Decke. *Achtundzwanzig, Neunundzwanzig.* Seine Gedanken nahmen wieder gewohnte Strukturen an. *Dreißig.* Noch einmal atmete er weit aus, der Schmerz war verflogen.

Nach seiner Art versuchte er den Vorfall schnell abzutun und redete sich ein, es läge an der monotonen Arbeit in der stickigen Küche; alles würde sich legen, sobald er wieder unter freiem Himmel auf den Straßen unterwegs sein würde. Doch der kleine, panische und verängstigte Teil seines Verstands verschaffte sich etwas Gehör, wenn auch nur aus einer hinteren, weit entfernten Ecke seines Bewusstseins. Vielleicht war doch der Punkt gekommen, einmal auf seinen Körper zu hören? Doch wieder schob er den Gedanken beiseite und machte sich daran, den Fischberg zu dezimieren, und irgendwie brachte er seine Schicht wenige Stunden später zu Ende.

Später am Abend dann, als alle Gäste verschwunden waren, ließen Tajo und Pablo, der Besitzer von La Covacha, den Tag mit einem letzten Bier auf der Terrasse ausklingen, wie sie es sich seit langem zur Gewohnheit gemacht hatten. Über die Jahre waren sie gute Freunde geworden, Pablo hatte ihn stets unterstützt und sah während seiner Abwesenheit in der kleinen Hütte nach dem Rechten.

Die argentinische Folkloremusik, die sonst ganztägig aus den kleinen Lautsprechern unter der Terrassenüberdachung quäkte, war abgestellt. Sie genossen die Ruhe; seit einigen Minuten lauschten sie nun schon der Brandung und bestaunten den klaren Sternenhimmel. Zwei Straßenköter schlichen geduckt über die vom Mond in silbrig weißes Licht gehüllten Bootsstege und tauchten hinter einem zerfaserten Busch wieder ins Dunkel.

„Morgen also?", fragte Pablo irgendwann in die Stille.

„Ja", antwortete Tajo.

„Was meinst du, wie lange diesmal?"

Tajo ließ den Kronkorken seiner Flasche über seine Finger gleiten, hielt ihn dann zwischen Daumen und Zeigefinger gegen den Himmel und sagte: „Zunächst will ich nur hoch, zu Miguel – es ist eine Weile her, seit wir uns gesehen haben. Und dann", er flippte den Kronkorken in ein kleines Glas vor ihm, „dann schaue ich, was die Straße mir anbietet."

Nach einer kurzen Pause fügte er hinzu: „Mal sehen, wie weit ich es noch schaffe."

Pablo hob die Augenbrauen.

„Wie weit du es noch schaffst? Was soll das heißen? Dieser Satz steht dir nicht gerade."

„Ach nichts."

Der Scheinwerfer eines vorbeifahrenden Pickups erhellte den Strand. Tajo nippte an seinem Bier und sagte: „Momentan fühle ich mich nicht ganz auf der Höhe."

Nun wurde Pablo wirklich hellhörig. Tajo war der letzte Mensch weit und breit, den er jemals hatte klagen hören.

„Ok Tajo. Sag's mir, was ist los?"

Tajo seufzte kurz, druckste etwas herum, berichtete ihm dann aber von den Schmerzen, die er seit Tagen hatte, und von dem Vorfall heute in der Küche. Dabei untertrieb er noch maßlos und spielte alles so gut es ging zu einer Lappalie herunter. Doch Pablo kannte ihn nur zu gut. Er wusste, dass es ernst sein musste, wenn Tajo mit so einer Geschichte herausrückte.

„Wir fahren zusammen morgen, Tajo."

„Du willst mich begleiten? Du hasst Radfahren, ich weiß noch, das letzte Mal …"

„Nein, Tajo", unterbrach ihn Pablo.

„Ins Krankenhaus, du Dummkopf. Wir fahren morgen ins Krankenhaus."

Am nächsten Morgen stand Pablo mit seinem Lieferwagen vor Tajos Tür. Pablo hatte eine Art, eine Autorität auszustrahlen, der man sich nicht entziehen konnte. Den Weg in die nächstgrößere Stadt mit einem adäquaten Krankenhaus verbrachten sie größtenteils schweigend. Leere Landschaften zogen vorbei, die Verkaufsstände an den Straßenrändern lagen von Staub überzogen und verlassen da. Etwa eine Stunde später setzte Pablo ihn dann vor dem großen, blassgelben Krankenhaus ab.

„Ich muss noch einige Dinge erledigen. Ich komme dich später abholen, ok? Wir treffen uns hier. Dort an der Bank."

Er zeigte mit ausgestreckter Hand auf eine abgenutzte Sitzbank hinter Tajo, auf der gerade eine ältere Dame in hellblauem Krankenhaushemd und mit einem dunstigen dünnen Schlauch unter der Nase eine Zigarette rauchte.

Mit einem kurzen Nicken gab Tajo sich einverstanden und trat mit einem kleinen Zettel, den Pablo ihm in die Hand gedrückt hatte, durch die knarzenden Glastüren. Auf dem vergilbten Papier stand der Name des Arztes, den er aufsuchen sollte. Pablo hatte ihn noch vor ihrer Abfahrt angerufen.

Er wusste nicht, wohin mit seinen Gedanken. War er nur hier, um Pablo einen Gefallen zu tun? Machte er sich selbst Sorgen? Eigentlich traf nichts davon zu, stellte er fest. Er musste diese Sache nur noch schnell erledigen, bevor er seine Reise antreten konnte. Kurz hier zum Doktor zur Untersuchung, dann noch zur Bank, das bisschen Geld abheben, das er besaß, dann – nicht vergessen – Reis und Brot besorgen. Eine weitere lästige Vorbereitung.

Er erfuhr es in einem stickigen Raum, in der oberen Etage des in die Jahre gekommenen Baus. Die Atmosphäre hier hatte sich durch die allgegenwärtigen Ventilatoren, gepaart mit der notorischen Hitze und Hektik auf den angrenzenden Fluren, zu einem Kopfschmerz bereitenden Cocktail der Unruhe verdichtet. Tajo saß, vielmehr klebte auf einem mintgrün bezogenen Stuhl, der seine Pflicht bereits vor Jahrzehnten erfüllt hatte. Der Lichteinfall durch die halb zugezogenen Gardinen wurde von einer Unzahl an Staubpartikeln gestört, die sich, wie angesteckt von der herrschenden Unruhe, in einem Zustand ständigen Chaos' zu befinden schienen. Ungeduldig und mit den Gedanken schon wieder auf seinem Fahrrad sitzend, erwartete Tajo die Diagnose des Doktors. Der ließ sich Zeit und versuchte durch eine unverfängliche

Gesprächsführung eine entspannte Atmosphäre zwischen den ganzen Störfaktoren herzustellen. Langsam schlich sich ein ungutes Gefühl bei Tajo ein – wenn sich ein Arzt hier so viel Zeit für einen Patienten nahm, konnte es sich nicht um einen leichten Schnupfen handeln –, und so war es: Der Schatten hatte sein Wurzelwerk bei Tajo bereits weit verästelt. Ihm blieb nicht mehr viel Zeit, zu tief und zu weit hatte sich der Fremdkörper eingenistet; zu spät hatte Tajo den Symptomen Aufmerksamkeit geschenkt. Die Schmerzen könne man für die verbleibende Zeit gut in den Griff bekommen, versicherte ihm der Arzt, auch für das wenige Geld, das Tajo zur Verfügung stand.

Tajo blieb still.

Während der Arzt auf mögliche Erschwernisse, Behandlungen und Szenarien einging, vermischten sich in Tajos Wahrnehmung das Stimmenwirrwarr, das Flattern der Ventilatoren, die drückende Hitze und die monotone Stimme des Arztes zu einem weißen Rauschen, dessen Frequenz nach und nach abflachte, wie bei einer Schallplatte, der man den Antrieb abschaltet. Sein Fokus wanderte von den überall auf den Tischen verstreuten unnützen Utensilien, weg von der Hornbrille, die auf der schwitzenden Nase des Arztes immer wieder abrutschte, hin durch das Fenster, zu einem Strommasten auf der anderen Seite der Straße, auf dem eine Reihe Zugvögel ihren Platz gefunden hatte. Im Hintergrund flogen einige weiße Cirruswolken dahin, scheinbar wie im Zeitraffer. In seinem Kopf: Leere.

An die nächsten Stunden erinnerte er sich nur schemenhaft. Es war, als ob er sich selbst aus dem Krähennest eines Schiffes beobachtete. Ein kleiner Tajo, der über das Deck irrt, während die flatternden Segel da unten ihm immer wieder die Sicht rauben.

Er sah sich dabei zu, wie er das Krankenhaus über den grünen, welligen Linoleumboden verließ, die Türe nach draußen aufstieß und die schwüle, schwere Luft einatmete. Er hörte sich selbst zu Pablo sagen: „Es ist alles gut, hat der Arzt gesagt. Ich muss mich nur etwas ausruhen."

Wie durch einen Tunnel glitt er bis zu seiner Hütte. Pablo glaubte ihm kein Wort, doch er wusste, dass er nichts aus ihm herausbekommen würde, wenn er es erzwingen wollte. Also setzte er ihn zu Hause ab und verabschiedete sich mit besorgter Miene: „Ruh dich etwas aus, ich komme später wieder vorbei, ok?"

Wieder gab Tajo sich mit einem Nicken einverstanden und antwortete: „Geht klar, danke dir Pablo."

Doch er dachte nicht an Ruhe. Nachdem er seine Hütte betreten hatte, holte er sein gepacktes Rad, das hier auf ihn wartete, und schob es zur Eingangstür. In seiner Jackentasche fühlte er eine Plastikdose voller Medikamente, die der Arzt ihm noch in die Hand gedrückt hatte. Instinktiv war sein einziger Gedanke: *Los. Los! Nur fort von hier.*

Vorsichtig lugte er aus der Tür, um zu prüfen, ob Pablo noch zu sehen war. Die Luft war rein, und er fuhr beinahe panisch los, über die holprige Staubstraße zur nächsten Abzweigung auf die große Hauptstraße Richtung Panamericana. Erst nach dem fünften hupenden Auto, mitsamt schimpfendem Fahrer, besann er sich auf das, was hier eigentlich gerade passierte. Verdutzt blickte er sich um, doch es ging weiter wie im Zeitraffer, er hatte bereits die viel befahrene dreispurige Hauptstraße erreicht. Die gelben Markierungsstreifen auf dem Boden flogen vorbei, die kratergroßen Schlaglöcher unter ihm zwangen ihn zu einem Zickzack-Kurs. Neben der Straße türmten sich Müllberge, auf denen sich Möwen und Straßenköter um Fleisch- und Fischabfälle stritten. Gerüche von Abgasen, Essensresten, verwesenden Tierkadavern, Müll und erhitztem

Asphalt vermischten sich zu einer unangenehmen, stechend süßlichen Note. Die vorbeiziehenden Trucks präsentierten ihr gesamtes Portfolio an Hupfanfaren, im Irrglauben, ihn dadurch anzufeuern.

Er spürte das Blut an seinen Schläfen pulsieren, hatte schließlich nur noch Augen für das Kaleidoskop in Grau am Boden, auf das er sich bei seiner Slalomfahrt konzentrierte. Er schnappte nach Luft, alles ging zu schnell. Von jetzt auf gleich hörte er auf zu trampeln und ließ sein Rad langsam ausrollen. Den Blick leer geradeaus gerichtet, ruckelte er noch durch ein paar kleinere Unebenheiten im Asphalt, bevor sein Rad zum Stillstand kam, er es an die Leitplanke lehnte, seine Trinkflasche aus der Halterung zog und sie mit geschlossenen Augen in einem Zug leerte – nichts konnte in diesem Moment wohltuender sein, als dieses Element. Er fand zurück zu klaren Gedanken.

Besonders eine Sache schoss ihm nun durch den Kopf: Obwohl er jegliche Bindungen und Schranken aus seinem Leben verbannt hatte, gab es doch etwas, das seit Jahren unerreichbar für ihn gewesen war. Die Endgültigkeit, die sich ihm so plötzlich und ungefragt aufgedrängt hatte, rückte ihm diese Fremdbestimmtheit jetzt auf das Schmerzlichste ins Bewusstsein. So lange wurden ihm Grenzen aufgezwungen, so lange hatte er seinen Sohn Nathaniel nicht aufsuchen können, so viel von ihm hatte er verpasst.

Beinahe kam es ihm vor wie ein vergangenes Leben: Damals, als er zur Flucht aus seinem Heimatland Kolumbien gezwungen worden war. Er hatte es sich mit der sogenannten *Bewegung* verscherzt, die dort mit ihren Guerilla-Kämpfern die Ländereien in Schach hielt. Das alles war mittlerweile schon fast zehn Jahre her, doch noch immer hatte er sich nicht zurück gewagt.

Dabei war ihm klar, dass die Furcht vor der *Bewegung* mittlerweile nicht mehr begründet war. Er konnte davon ausgehen, dass durch Generations-, Orts- und Machtwechsel seine damalige Flucht inzwischen in Vergessenheit geraten war. In diesem klaren Moment musste er sich eingestehen, dass es vielmehr seine eigenen Ängste und verpasste Gelegenheiten waren, die ihn davon abhielten, seinen Sohn aufzusuchen. Hinzu kam, dass er eigentlich nichts Genaues über dessen derzeitigen Aufenthaltsort wusste. Aus Vorsicht und Angst vor der *Bewegung* hatte er den Kontakt abgebrochen.

All das ging ihm nun bewusster denn je durch den Kopf, und langsam setzte er sich wieder in Bewegung. Als er die nächste Abfahrt erreichte, entfernte er sich von der mehrspurigen Schnellstraße, der rußigen Luft und dem Lärm und folgte einem Ortsschild in Richtung *Punto Hermosa*, einem an der Küste gelegenen Ort – ein guter Platz zum Verschnaufen. Tajo kannte sich hier aus, der Strand war rau, schön und meist menschenleer.

Einige Minuten später passierte er das Ortseingangsschild und fuhr über die ebene, von Sand und Staub bedeckte Hauptstraße des Ortes in Richtung Atlantik. Sie war gesäumt von zerbrechlich wirkenden, filigranen Straßenlaternen, die wie Insektenfühler über den Schotter ragten. Der Mittelstreifen war mit ein paar kargen, halb verdorrten Sträuchern bepflanzt, als würden sie die Lebenden von den Toten trennen.

Nachdem er den Strand ein paar Minuten später erreicht hatte, fuhr er gerade noch so weit, dass seine Reifen bis zu den Speichen im Sand stecken blieben. Er legte sein Gefährt samt Gepäck behutsam ab und setzte sich auf den kühlen Boden.

Die Hände auf dem Schoß gefaltet beobachtete er die Wolken, die sich von den flirrenden Cirrus-Gebilden zu behäbigen Schäfchenwolken entwickelt hatten. Konzentriert überlegte er, wie er mit den neu gemischten Karten umgehen sollte, und nachdem er einige Zeit den körnigen Sand durch seine Finger hatte rieseln lassen, entschied er sich gegen die offensichtliche Lösung, gegen eine Lösung, die sein Zustand nahelegen würde. Er entschied sich für die Flucht nach vorn, auch wenn er nicht wusste, wie weit er kommen würde und wie lange er durchhalten könnte. Er würde seine geplante Tour fahren und sie zudem noch ausdehnen. Denn dies war, wer er war und wer er sein wollte – wie ein Zugvogel in ständiger Bewegung. Ein letztes Mal wollte er diesen seinen Kontinent bereisen. Doch dieses Mal wollte er seine Ängste vergessen – zu verlieren hatte er ohnehin nichts mehr.

Sein Ziel war klar: Kolumbien, seine verbotene Frucht, das Land, in dem er seinen Sohn zurückgelassen hatte – der Ort, an dem alles begann. Er wusste, dass ihm das einiges abverlangen würde, doch gleichzeitig spürte er, dass es nicht unmöglich war.

Mittlerweile hatte sich das Meer langsam auf ihn zugearbeitet. Er ließ sich vom nasskalten Sand die Zehen kühlen und spürte durch den salzgetränkten Wind jede Pore seines Körpers. Auf den sanften Wellen flimmerten Sonnenstrahlen, von denen sich einige Möwen abhoben. Tajo beobachtete sie, wie sie im ständigen Konkurrenzkampf ihre Einflugschneisen zu den begehrten Fischbeständen verteidigten und wie angeschossen in die See tauchten, um dann lebendiger als zuvor mit einem Fisch im Schnabel wieder aufzutauchen. Das Meer funkelte, als ob tausende Sonnen geboren würden, um dann sogleich wieder zu verglühen. Er konnte wieder frei atmen.

So begann er seine Reise, die wohl seine letzte sein wurde. Für eine Zeit blieb er einfach hier sitzen, ließ sich von den letzten Strahlen der Abendsonne sein Gesicht wärmen und entwarf dabei in seinem Kopf eine grobe Route in Richtung seiner Heimat.

Irgendwann wurde es Abend, und die Sonne verging als verstohlene blass-orangefarbene Scheibe hinter dem Horizont. Tajo lauschte noch eine Weile dem König der Geräusche: dem an- und abschwellenden Rauschen des Meeres. Die Nacht war mild, Tajo verbrachte sie dort im Freien und schlief so gut wie seit langem nicht mehr.

DREI

In den nächsten Tagen fand Tajo schnell wieder in seinen gewohnten Trott. Dennoch spürte er, dass er nicht mehr die gleiche Ausdauer wie noch vor wenigen Wochen hatte – er brauchte mehr Pausen, und seine Wasserreserven gingen spürbar schneller zur Neige. Das Gleiche galt für seine Essensvorräte, von denen lediglich noch ein paar Notfallrationen der in Plastik eingeschweißten Fertigprodukte übrig waren. Höchste Zeit also, die Vorräte wieder aufzufüllen. Die letzten Kilometer war er lediglich an kleinen Häuser-Ansammlungen vorbeigekommen, an denen er sich bestenfalls mit Wasser und anderen Kleinigkeiten versorgen konnte. Eine größere Auswahl an Lebensmitteln war meist nur in den größeren Ortschaften mit organisierten Märkten zu finden.

Der nächste Ort dieser Art lag zwar nicht direkt auf seiner Route, doch für eine Nacht in einem warmen Bett und eine brauchbare Lebensmittelauswahl nahm er diesen Umweg gerne in Kauf. Noch am selben Tag erreichte er nach Einbruch der Dunkelheit die Ortschaft, fuhr in die große Dorfstraße und kehrte umgehend in die erstbeste Pension ein, die für kleines Geld zu beziehen war. Der Nachtportier war vertieft in ein Fußballspiel, das auf dem kleinen Fernseher unter der Decke flimmerte, und händigte ihm schweigend den Schlüssel zu einem ebenerdigen Zimmer aus. Dann wies er ihm wortlos den Weg, woraufhin sich Tajo – ebenfalls wortlos – zu seinem Zimmer begab. Nachdem alles verstaut war, ließ er sich müde auf die durchgelegene Matratze fallen. Trotz seiner Erschöpfung fand er lange nicht in den Schlaf. Die spitzen Federn piesackten ihn, und das Flackern der kaputten Laterne vor seiner Tür erhellte seinen Raum, als würde draußen ein alter Filmprojektor laufen.

Nach einer Nacht voller wüster Träume wachte er am nächsten Morgen zerknautscht auf und durchlief halb wach, halb traumwandlerisch seine Morgenroutine. Er duschte, rasierte sich, versuchte, sich nicht vor dem klebenden, weißbraunen Duschvorhang zu ekeln, und verstaute schließlich seine Utensilien wieder in den Radtaschen.

Da war es wieder.

Erneut spürte er, wie ihn der beinahe vergessene, heimtückische Schmerz in seinem unteren rechten Rippenbogen förmlich anschrie und sich daraufhin wie eine strömende Glut durch seinen Körper ausbreitete. Das Löschmittel, in Form der in Kügelchen gepressten weißen Substanz, wurde des Feuers nach ein paar Minuten einigermaßen Herr. Tajo verfluchte den Schmerz auf das übelste, zählte bis vierzig, atmete tief, rappelte sich auf und begab sich erneut stoisch daran, sein Rad zu beladen. Er hörte seinen Magen knurren, draußen kläffte ein Hund. Seine Hände zitterten, die Taschen wollten keinen richtigen Halt an seinem Gefährt finden. Mehrmals rüttelte er an den bereits hunderte Male benutzten Verschlüssen, doch es half nichts; das ganze Konstrukt wirkte etwas wackelig.

Missmutig ging er durch den Korridor, bis hin zur Rezeption. Hier wollte er sein Rad samt Gepäck stehen lassen, während er seine Besorgungen machte. Hinter dem Tisch saß noch immer der gleiche Portier von letzter Nacht. Noch immer blickte er stumm auf den Fernseher in der Ecke und sah aus, als hätte er sich die letzten zwölf Stunden keinen Millimeter bewegt. Nur ein beachtlicher Berg leerer Nussschalen ließ darauf schließen, dass sich hier irgendetwas getan hatte.

Tajo klopfte zweimal mit der flachen Hand auf den Tresen und sagte: „Buenos Dias!"

Der Schatten von einem Mann verzog keine Miene. Tajo folgte seinem Blick zu dem Bildschirm, auf dem flirrend eine spanische Soap lief. Er wartete ein paar Augenblicke ab, doch noch immer war keine Reaktion zu vernehmen.

„Es ist so, ich müsste ein paar Besorgungen beim Markt machen", fuhr er fort, „wäre es möglich, dass ich mein Rad hier stehen lasse? Wären Sie so nett und würden für eine Stunde ein Auge darauf haben?"

Einer der Fernseh-Figuren entfuhr ein gellender Schrei, dann wurde das Bild plötzlich schwarz-weiß. Eine Fliege landete auf der Stirn des Portiers, doch noch immer verharrte dieser wie eingefroren. Fassungslos fixierte Tajo ihn mit seinem Blick. Einige quälende Momente später hob der Mann hinter dem Tresen in einer flüchtigen Andeutung den Daumen, wobei er weiterhin starr auf den Bildschirm starrte. Tajo zuckte mit den Schultern. Was blieb ihm übrig? Der Markt war vermutlich eng und unsicher. Also klopfte er nochmals zweimal mit der flachen Hand auf den Tisch, ließ sein Rad stehen, drehte sich um und verließ das Hotel durch die Drehflügeltür. Die Fliege surrte eilig hinter ihm her.

Als er ins Freie trat und sich umblickte, kam ihm die Stadt merkwürdig blass vor, als hätte ihr jemand die Farbsättigung entzogen. Die Menschen bewegten und verhielten sich zudem unwirklich – manche zu schnell, manche auffallend langsam, die Gesichter wie zu Masken eingefroren, die Münder zu einem gleichgültig milden, fast schon sediert wirkenden Lächeln verzogen. Sie wirkten wie schlechte Statisten, wartend auf Anweisungen, die niemals erfolgen. Eine auf dem Boden kauernde Frau, die Schuhe und Sandalen verkaufte, grinste Tajo mit starren Augen und hin und her rotierendem Kopf an, als wäre sie Alices Wunderland entsprungen. Er schien hier weit und breit der einzige Mensch mit einem realen Handlungsstrang zu sein. Er fühlte sich wie ein Geist, wandelnd zwischen leeren Öllampen – sie ohne Inhalt, er ohne Gefäß.

Das alles ließ sich schwer einordnen, doch es half nichts – bevor er diesen Ort oder vielmehr diese Zwischenwelt, in die er hineingeraten war, verlassen konnte, musste er Lebensmittel besorgen. Also ging er schnellen Schrittes und etwas paranoid durch die engen Gassen der Stadt, bis er den zentral gelegenen Markt erreichte. Dieser war in einem verschachtelten Gebäudekonstrukt untergebracht, das aussah wie ein zusammengefallenes und nur lieblos wieder aufgebautes Kartenhaus. Er betrat den Markt über einen versteckten Gang, den er zufällig zwischen ein paar Müllcontainern entdeckt hatte. In den Hallen angekommen, verschaffte er sich zunächst einen Überblick über die sich überlappenden, offenen Ebenen, auf denen die Marktstände verteilt waren. Von Ramsch bis Meerschwein war hier alles Nötige und Unnötige zu finden. In den Hallen herrschte eine gedämpfte Geräuschkulisse, die Luft schien aus unsichtbarer Watte zu bestehen, durch die sich die Schallwellen erst ihren Weg kämpfen mussten. Auch konnte Tajo niemanden entdecken, der ein Wort mit einer anderen Person wechselte. Es war, als hätte jemand die Marktbesucher durch zackig gespielte Marionetten ersetzt und ließe zur atmosphärischen Untermalung dieses Theaters eine Dauerschleife mit überlagerten Stimmen abspielen.

Verstört und verunsichert wandelte er durch die Hallen und erledigte dabei wortlos seine Besorgungen. Er kaufte Wasser, Brot und Avocados von stumm nickenden Marktfrauen. Als er fast alles beisammenhatte und gerade an einem Stand mit Orangen sein Wechselgeld entgegennehmen wollte, fiel ihm ein Junge auf, der sich auf einer der höher gelegenen Ebenen befand. Prüfend und eindringlich sah dieser ihn an.

Nathaniel! Blitzte es ihm plötzlich durch den Kopf. Mit großen Augen blickte er hoch zu ihm, er war sich ganz sicher: Er war es! Aber er musste doch bereits viel älter sein? Der Junge sah nun etwas verträumt zu ihm herunter, Tajo winkte ihm zu und rief: „Nathaniel! Nathaniel, hier unten! Ich bin es, Tajo!"

Doch der Junge schaute ihn nur weiter verloren an – durch ihn hindurch, als wäre er Luft. Tajo ließ das Wechselgeld fallen und wollte gerade loslaufen, um hinauf zu ihm zu gelangen, als plötzlich ein lauter Hieb, gefolgt von einem brutalen Knacksen, das gedämpfte Klanggewirr durchbrach. Er spürte eine Flüssigkeit an seiner Wange. Er wischte sie sich mit dem Handrücken aus dem Gesicht und starrte mit geweiteten Augen auf seine nun blutrot gefärbte Hand. Verdutzt blickte er in die Richtung, aus der das Blut gekommen sein musste: Eine der Marktfrauen hatte einen großen Kuhschädel mitsamt anhaftendem Fleisch gespalten und machte sich jetzt daran, die Kopfhälften in ihre Einzelteile zu zerlegen. Dabei stritt sie lauthals mit ihrem Mann, der aufgebracht und wild gestikulierend die umherfliegenden Fleischfetzen zusammensuchte.

Die Geräuschkulisse schwoll an. Von jetzt auf gleich war Tajo umgeben vom Marktlärm: Aufgebrachte Stimmen prasselten auf ihn ein, laute, übersteuerte Musik ächzte aus den herumstehenden Radiogeräten und die Neonröhren an den Decken surrten wie ein wütender Bienenschwarm. Auf seiner Stirn bildete sich kalter Schweiß, erneut fiel sein Blick auf den Schlachttisch, auf dem sich die malträtierten Kuhschädelhälften befanden. Das fleischige Rot auf dem Quietschgelb der Tischdecke war derart intensiv, dass Tajo sich reflexhaft seine überforderten Augen reiben musste. Eine Menschentraube hatte sich um ihn herum gebildet – waren all diese Leute eben auch schon da gewesen?

Kurz musste er sich sammeln, dann richtete er seinen Blick wieder in Richtung der Empore, doch er konnte den Jungen nicht mehr entdecken. Eine plötzlich aufkeimende Panik zwang ihn dazu, den Jungen augenblicklich aufspüren zu müssen. Er begann, sich an den Menschen und vollgestopften

Ständen vorbeizudrängeln. Seine Schläfe fing erneut an zu pochen. Um den Schmerz zu unterbinden, presste er Zeigefinger und Mittelfinger an sein Jochbein und kämpfte sich dann verzweifelt durch die Menge, vorbei an Türmen neonfarben verpackter Fertigprodukte, hin zur nächsten Treppe, die in die höhere Ebene führte. So gut es ging, eilte er hinauf und kämpfte gegen den Menschenstrom und das fluchende Rempeln, das er hervorrief.

Auf der oberen Ebene angekommen, blickte er sich nach Atem ringend um, doch ohne Erfolg: Es war weiterhin keine Spur von Nathaniel zu entdecken. Er konnte überall sein – überall und nirgends. Gefangen in seinem alarmierten Zustand, konnte sich Tajo noch immer nicht erklären, was genau seine Panik dem Jungen gegenüber auslöste.

Seelenallein stand er nun in den Hallen, stand wie eine Insel im tosenden Meer, einem Äther aus Düften, Menschen und Geräuschen. Alles schien sich an ihm zu reiben, er war wie ein Fremdkörper in einem gestressten Organismus. Als er nach oben blickte, zuckte er zusammen: über ihm hingen in etwa zwei Metern Höhe bunt gekleidete, kopflose Schaufensterpuppen, die in schräger Lage bedrohlich über der Menschenmenge schwebten. Im nächsten Moment fiel an einem mit *Bookshop* betitelten Stand scheppernd ein Stapel großer Aluminiumtöpfe um. Aufgebracht schob sich die Verkäuferin durch Türme roter und gelber Eimer, Schultornister, Puppen und Teppiche, um wieder Ordnung in die Stapel-Landschaft zu bringen.

Den Wogen aus Menschen und Reizen ausgeliefert, ließ Tajo seinen Blick weiter prüfend, doch mit zunehmender Enttäuschung, durch das Gebäude streifen. Nathaniel war nicht zu sehen. Gerade wollte er sich abwenden, da fielen ihm zwei Männer ins Auge, die rauchend an einer Säule im hinteren Drittel der Halle lehnten und ihn verächtlich ansahen. Sie trugen Armee-Caps und braune Parka-Jacken und tuschelten sich etwas zu, wobei sie die Mundpartien mit den Händen verdeckten und Tajo nicht aus den Augen ließen. Verunsichert erwiderte Tajo ihren Blick, wandte sich dann aber nach unangenehmen dreieinhalb Sekunden ab und sank instinktiv in eine gebeugte Rückzugs-Haltung. Wer waren die beiden? Ihre Aufmachung löste etwas in ihm aus, doch auch jetzt erlaubte sein Zustand es ihm nicht, genauer darüber nachzudenken – sicher war nur, dass sie ihm gegenüber nicht freundlich gesinnt waren.

Einige Momente verstrichen, und noch standen sie sich nur gegenüber, wie lauernde Tiere. Keiner wagte einen ersten Schritt, doch die Spannung war trotz des Chaos, das um sie herum herrschte, förmlich greifbar. Mit schwitzigen Händen klammerte sich Tajo an seine Einkaufstüten, die ihm die Handgelenke abschnürten, ohne dass er Notiz davon nahm. Die beiden Männer ließen ihn weiterhin nicht aus den Augen. Mit jeweils einem seitlich an der Säule angesetzten Fuß und nach vorn gebeugtem Oberkörper wirkten sie jetzt wie Hundert-Meter-Läufer, die auf den Startschuss warteten. Unter der Jacke des größeren, etwas hageren Mannes sah Tajo nun etwas Metallisches hervorblitzen. Tajo erschrak, doch bevor er genauer hinschauen konnte, wurde der Stillstand zwischen ihnen jäh unterbrochen: ein Huhn, gackernd um sein Leben, flatterte an den Köpfen der beiden Gestalten vorbei, wodurch sie ruckartig aufsprangen. Der Vogel musste sich aus einem der Käfige befreit haben, um seinem Schicksal zu entkommen. Für diesen kurzen Moment hatten die Männer Tajo aus den Augen gelassen. Der nutzte die Chance, duckte sich und tauchte in der Menschenmenge ab.

Sofort bemerkten die Männer sein Verschwinden. Die eine Gestalt stieß sich einen Moment später von der Säule ab, zog seinen Partner am Arm und sie begannen sich in Tajos

Richtung zu arbeiten, wobei sie mit ausladenden, kraulenden Armbewegungen die Menschen, die ihnen im Weg standen, beiseiteschoben.

Tajo bekam Panik. Durch ein paar lichte Stellen in der Menge sah er, wie sich die Männer auf ihn zu bewegten. Er wusste weder, wer die beiden waren, noch was sie von ihm wollten. Doch die Art, wie sie auf ihn losstürmten, ließ wenig Deutungsspielraum. Zwischen ihm und seinen Verfolgern lagen vielleicht zwanzig Meter, doch ebenso wie er, wurden auch sie durch die dichte Menschenmenge ausgebremst. Seine Einkäufe weiterhin verkrampft umklammert, schob und drängelte er sich einen Weg durch die Hallen. So oft es ging, blickte er sich nach seinen Verfolgern um und sah, wie sie sich an den Menschen vorbeiwühlten, die erst protestierend, dann beim Anblick ihrer Aufmachung jedoch eingeschüchtert und zaghaft zurückwichen. Je öfter er sich umsah, desto mehr verringerte sich ihr Abstand zu ihm.

Er schlug einen Haken und bewegte sich tief geduckt weiter vorwärts. Als er sich das nächste Mal hastig umblickte, sah er zu seiner Erleichterung nur noch einen der Männer aus der Menge ragen und nach ihm Ausschau halten. Wie es schien, hatten sie ihn aus den Augen verloren. Im nächsten Moment hörte er laute, verärgerte Rufe aus verschiedenen Richtungen; offenbar hatten sie sich aufgeteilt. Doch verortete er weder die eine noch die andere Stimme in unmittelbarer Nähe. Bei dem Gedanken, die beiden könnten ihre Waffen ziehen, um die Menge weiter einzuschüchtern und ein freies Blickfeld zu bekommen, erhöhte sich sein Puls erneut um ein paar Schläge – doch noch blieb diese Angst unbegründet.

Aus den Hallen führten mehrere Wege. Der Ausgang, den Tajo angesteuert hatte, bestand aus einem kleinen Nebengang, der zwischen einem Stand voller billiger Elektroartikel und einem mit kunstvoll gefärbten Tüchern und Stoffen lag. Der durch die Textilien etwas versteckte Weg war Tajo schon beim Betreten der Hallen aufgefallen. Das rot-gelbe Halstuch, das an einer der Stangen flatterte, hätte ein hübsches Mitbringsel abgegeben. Er war sich sicher, dass er hier unauffällig entwischen konnte. Kurz bevor er den Stand erreicht hatte, blickte er noch einmal zurück, konnte seine Verfolger aber nicht mehr entdecken – er musste sie abgeschüttelt haben.

Mit erleichterten Schritten trat er auf der Rückseite des Gebäudes auf die Straße. Schlagartig änderte sich sein Befinden. Er fühlte sich wie aus einem zähflüssigen Gewässer gezogen. Die Hülle aus Gerüchen und Lärm, die ihn eben noch umgab, war plötzlich weit weg, wie eine abgestreifte und zurückgelassene Haut. Die Sonnenstrahlen durch den Dunst der Stadt fühlten sich an wie die ersten Tagesboten nach einer langen Winternacht. Die Panik, die ihn eben noch beherrscht hatte, war wie verflogen. Auf einmal kam ihm die ganze Situation in den Markthallen fast komisch vor, beinahe musste er über sich selbst lachen.

Doch trotz alledem – ein mulmiges Gefühl blieb, und auch das Erscheinen Nathaniels gab ihm weiterhin Rätsel auf. Er konnte es nicht gewesen sein – und doch war er sich so überaus sicher gewesen. Er entschied, sich in ruhigerer Minute weiter den Kopf darüber zu zerbrechen und diesen Ort besser zügig zu verlassen, bevor die beiden Gestalten in den Parkas ihn doch noch aufstöberten. Mit entsprechender Eile, jedoch ohne in Hast zu verfallen, entfernte er sich von den Markthallen in Richtung seiner Pension.

Sein Rad stand noch wohlbehalten dort, wo er es abgestellt hatte. An der Rezeption saß nun eine jüngere Señorita, die wie ein Wasserfall in das Telefon plapperte. Sie begrüßte Tajo beim Betreten mit einem breiten Lächeln, deutete auf sein Fahrrad, streckte dann mit großer Geste beide Daumen nach oben und wünschte in einer kurzen Gesprächspause laut flüsternd:

„Buen viaje" – *gute Reise*. Tajo nickte lächelnd, hob auch flüchtig den Daumen, verstaute die Einkaufstüten in einer der vorderen Taschen und schob sein Rad durch die Tür, um diesen Ort so schnell wie möglich zu verlassen. Es herrschte inzwischen dichter Verkehr auf den Straßen, doch die Fahrstreifen waren breit genug, sodass er sich an den permanent hupenden Fahrzeugen vorbeischlängeln konnte.

Als er sich dem Dorfausgang langsam näherte, dachte er wieder an die Männer, die ihn verfolgt hatten. Ihm war, als könnte er nun doch endlich eine Verbindung herstellen – die Parka-Jacken ließen ihn nicht mehr los. Genau solche, in diesem Stil und in diesem Farbton, hatten die Guerillas der *Bewegung* immer getragen. Doch es konnte sich genauso gut um einen Zufall handeln, denn mittlerweile galten diese Jacken in weiten Teilen des Kontinents als modisch. Vielleicht wurde er paranoid, bestimmt lag es an diesem Zeug, das der Arzt ihm mitgegeben hatte. *Ok*, dachte er, genug des Wahnsinns, Zeit, Kilometer zu machen. Nachdem er das Ortsschild hinter sich gelassen hatte, leerten sich die Straßen nach und nach und seine Stimmung hellte sich zunehmend auf. Er war hoch motiviert. Das befreiende Gefühl, das er verspürte, seit er die Markthallen verlassen hatte, dauerte an, und so brachte er schnell und fröhlich pfeifend Distanz zwischen sich und das merkwürdige Dorf, dessen Namen er sich, ob bewusst oder unterbewusst, partout nicht merken konnte.

V I E R

Cardenal Morado, Kolumbien, Frühjahr 2005

Mühevoll schob Tajo seinen klapprigen Handkarren durch den Torbogen am Rande seines Heimatdorfes *Cardenal Morado*. Flüchtig hob er seinen Blick hoch zu dem Emaille-Schild am Scheitelpunkt des Bogens, auf dem das Wappen der Region abgebildet war: Ein Vogel – ein *Purpur-Kardinal* – plusterte sich darauf auf, umrahmt von einem Rosen-Geflecht, das er scheinbar zu durchbrechen versuchte. Bei diesem Anblick überkam ihn immer ein wehmütiges Lächeln. Der Purpur-Kardinal glich mit seinem aufgestellten roten Federkamm und großen schwarz umrandeten Augen einem aufsässigen Halbstarken, der durch seine unangepasste Erscheinung anzuecken versucht. Durch die vielen Roststellen auf dem blechernen Schild wirkte es jedoch, als stünde er in einem heißen Ascheregen.

Stoisch widmete sich Tajo wieder dem holprigen Weg und ein paar Augenblicke später tauchte wie zufällig eine unscheinbare Gestalt aus einer schmalen Lücke zwischen zwei Häusern auf, ging schnellen Schrittes auf ihn zu und nahm ihm mit gelassener Selbstverständlichkeit einen der Deichselgriffe ab. Tajo sah sich nicht um. Ein paar Meter legten sie stumm zurück, dann sagte er: „Danke, Sixto, diese Dinger werden wirklich immer schwerer." Darauf warf er den mit Kaffeebohnen gefüllten Säcken auf dem Karren einen vernichtenden Blick zu.

„Es gibt da diese Erfindung namens Automobil, schonmal gehört?", fragte Sixto, grinste und beugte seinen Oberkörper etwas zurück, um einer körperlichen Reaktion Tajos zu entgehen. Doch dieser zuckte nur mit den Achseln und entgegnete: „Die Flemmings sind Sadisten."

Mit seiner freien Hand friemelte er eine Kaffeebohne aus seiner Hosentasche, warf sie sich in den Mund und begann knirschend darauf herumzukauen. Nachdem er ein paar Fetzen der grünen Schale auf den braunen Straßenschotter gespuckt hatte, fuhr er fort: „Geht es nur mir so? Manchmal habe ich das Gefühl, das ganze Dorf verkümmert und verteilt die verbliebenen paar Lebensfunken an die Erstbesten, die ihre Hände aufhalten."

Sixto sah ihn skeptisch an – er war es nicht gewohnt, Kritik an den Vorgängen im Dorf so offen aus seinem Mund zu hören. Dann antwortete er mit bedachter, leiserer Stimme: „Wie willst du es ihnen verübeln, das Geld ist ein Geier. Bald gibt es bei den Flemmings auch nur noch Koka, wart es ab!"

Tajo schnaubte durch die Nase aus und sagte: „Dann wäre der Karren jedenfalls nicht mehr so schwer. Komm, pack mal mit an!"

Sie hielten vor einer kleinen Halle, in der sich schon mehrere Dutzend Säcke voller Kaffeebohnen stapelten, wuchteten ihre Ladung vom Handkarren und schlossen die verbeulte Metalltür wieder hinter sich zu. Dann klopfte Tajo Sixto zweimal auf die Schulter und sagte: „Danke dir, sehen wir uns morgen auf dem Feld?"

Der nickte und antwortete: „Si, claro", und verschwand wieder in einer Lücke zwischen zwei heruntergekommenen Hütten. Indessen machte Tajo sich daran, den Handkarren zurück zu den Flemmings zu bugsieren.

In den Jahren, bevor Tajo Kolumbien verlassen hatte und es ihn schließlich nach Argentinien verschlug, hatte er hier gelebt, in *Cardenal Morado*, einem kleinen Dorf im Süden des Landes.

Cardenal Morado war zwar ein beschauliches Fleckchen Erde, doch wie so viele Orte in der Region hatte es sich im

Zuge des aufkommenden Koka-Booms nicht gerade zum Guten gewandelt. Mit seiner Lage am Rande eines weit gestreckten Urwaldgebiets, war die Existenzgrundlage der Bewohner seit jeher das, was der fruchtbare Boden ihnen schenkte. Die weiten Hänge und hügeligen Felder boten Platz für Unmengen an Früchten, Kaffee und sonstigen exotischen Pflanzen, die ein solches Klima lieben.

In den neunziger Jahren begannen jedoch die meisten Bauern hier ihre Anbau-Gewohnheiten zu ändern – weg von den üblichen Gewächsen, hin zum wesentlich lukrativeren Kokastrauch. Der Wechsel fand zunächst im Kleinen und weitgehend freiwillig statt, wurde dann aber durch die ständig präsenten Guerillas vorangetrieben, die gute Preise für die Ernten zahlten. Der fade Beigeschmack der ständigen Kontrolle und zermürbenden Abhängigkeit von deren Willkür musste dabei in Kauf genommen werden.

Der Wille der *Bewegung*, welcher die Guerillas angehörten, stand über allem und wurde das neue Gesetz. Felder wurden Monokulturen unterworfen und Urwälder zur Schaffung neuer Anbauflächen gerodet.

Um den Profit zu steigern, war fast jedes Mittel recht. Wenn zur Erntezeit einmal zu wenige Feldarbeiter in den Dörfern zusammenkamen, schafften die Kämpfer Bus für Bus neue heran. Nicht selten waren auch Kinder und Heranwachsende dabei, die zu miserablen Bedingungen gezwungen wurden, den Rohstoff für das weiße Gold abzubauen. Keiner traute sich zu fragen, woher die Arbeiter stammen. In der Regel hatten sich zuvor Familienangehörige einen Fehltritt gegenüber der Bewegung geleistet oder konnten ihre Schulden nicht begleichen. Nicht selten wurden dann auch Kinder, Brüder, Ehefrauen und weiterer Anhang in Sippenhaft genommen, um die Schuld zu miserablen und willkürlich festgelegten Kursen abzuarbeiten. Oft kam dies einer Leibeigenschaft auf Lebenszeit gleich.

Tajo missbilligte die Vorgänge zutiefst und distanzierte sich soweit es ging davon. Gleichzeitig verhielt er sich jedoch möglichst unauffällig, um der aufflackernden Willkür der Kämpfer keine Angriffsflächen zu bieten.

Auf den Straßen mied er sie und bei den Abenden im *Siete Palmas*, der einzigen Bar im Dorf, hielt er sich zurück, wenn die Dorfbewohner nach den ersten geleerten Flaschen Rum ihren Ärger über die unzumutbaren Zustände freien Lauf ließen. Irgendwie hörten diese Typen doch immer mit.

In den Erntemonaten half Tajo, wie eigentlich alle Dorfbewohner, hin und wieder auf den Feldern aus – einerseits, um nicht aufzufallen, in erster Linie jedoch, um dem Feldbesitzer, mit dem er befreundet war, einen Gefallen zu tun. Da hieß es früh aufstehen, im Transporter mit Sichel und Säcken bewaffnet zu den halbwegs versteckten Kokahainen mitzufahren, um sich dann an die Auslese zu machen. Für diejenigen, die freiwillig hier waren, konnte die Arbeit durchaus lukrativ und entspannt sein. Wenn die Arbeit zu anstrengend wurde, machte man eine Pause, unterhielt sich mit den anderen Erntearbeitern, und zur Mittagszeit genehmigte man sich nach dem *Tinto*, dem gesüßten kleinen Kaffee, ein paar Aguardiente – einen nach Lakritz schmeckenden Schnaps.

Ganz anders sah es in den Erntetrupps aus, die zwangsweise hier waren: Sie arbeiteten meist auf entfernteren Feldern, mit einigem Abstand zu den Freiwilligen. Doch jeder wusste, dass dort unter viel härteren Bedingungen geschuftet wurde. Es gab kaum Pausen, schlechtes Essen und Schichten von Sonnenauf- bis Sonnenuntergang. Auf den Feldern der freiwilligen Helfer lag deshalb stets eine unausgesprochene Anspannung in der Luft. Ein Gefühl der Ohnmacht, die nur durch pragmatischen Fatalismus zu ertragen war. Wem sein

Leben lieb war, verhielt sich ruhig, denn jeder wusste: Spitzel waren überall und Informationen wurden gut bezahlt.

In diesem Frühjahr erforderte die Ernte besonders viele Hände und auch Tajo hatte sich dazu durchgerungen, wieder mit anzupacken. Zunächst lief alles wie jedes Jahr, etwa zwei Dutzend Helfer hatten sich auf dem Feld zusammengefunden und machten sich gut gelaunt, aber ohne allzu großen Eifer daran, die Koka-Blätter von den Sträuchern zu pflücken. Auch Tajo ließ es erst einmal langsam angehen: Nach den ersten Stunden im Feld und einer Siesta am Mittag vertrat er sich noch etwas die Beine, bevor er sich zurück zu den Sträuchern begeben wollte. Der Lohn erfolgte säckeweise, somit stand es jedem offen, sich seine Arbeit frei einzuteilen. Während er so seine Runde drehte, näherte er sich einem der entfernteren, etwas versteckten Feldern, in dem sich die Zwangsarbeiter durch die Kokablätter kämpften. Er hielt etwas Abstand, denn er wusste, dass die Wächter es nicht gerne sahen, wenn sich jemand in der Nähe dieser Bereiche aufhielt, der hier nichts verloren hatte. Doch irgendetwas zog ihn dorthin.

Als er sich dem Feld bis auf die Entfernung eines Steinwurfs genähert hatte, wurde ihm doch etwas mulmig zumute, und er beschloss, seinen kleinen Spaziergang hier zu beenden. Doch als er sich gerade umdrehen wollte, entdeckte er zwischen den Kokahainen Gesichter, die ihm bekannt vorkamen. Es war eine Familie aus einem der nahegelegenen Bergdörfer, die hier mit sichtlicher Mühe die Gewächse bearbeitete. Instinktiv versteckte er sich hinter einer wuchtigen Akazie, um keinem der Guerillas in die Arme zu laufen.

Er beobachtete sie für ein paar Momente aus der Ferne und auch auf den zweiten Blick war er sich sicher: Es waren Juan, seine Frau Madelaine und sein Sohn Sankara, die in der sengenden Sonne und in abgewetzter Kleidung die Blätter von den Sträuchern pflückten, um sie in die gestreiften Jutesäcke zu stopfen. Tajo, kannte sie gut, er war in den vergangenen Jahren oft auf ihrer üppigen Farm zu Besuch gewesen. Dass sie nicht freiwillig hier waren, sah man ihnen sofort an. Sie sahen ausgemergelt aus. Nicht enden wollende Schichten, die unbarmherzige Hitze und eine wahrscheinlich fragwürdige Ernährung hatten sichtbaren Raubbau an ihren Körpern betrieben.

Tajo spürte eine Wut in sich aufkeimen. Bis zu diesem Zeitpunkt hatte er sich ansatzweise von den Vorgängen hier distanzieren können, auch wenn es gegen all seine Prinzipien verstieß. Doch diese Leute waren herzensgut, sie teilten so viele warme und helle Momente – dieses Schicksal hatten sie nicht verdient. Er konnte nicht anders: Er musste, trotz der Gefahr entdeckt zu werden, zumindest kurz mit ihnen sprechen, um zu erfahren, was vorgefallen war.

Vorerst hielt er noch ausgiebig Ausschau nach Guerillas, die durch die Felder oder den Wald streunen könnten – er konnte keinen entdecken. Still horchte er in den Wald, doch bis auf Vogelgesänge und das Zittern des Laubes war nichts zu hören.

Die Sonne stand hoch. Wahrscheinlich hatten sich die Aufpasser gerade an ein schattiges Plätzchen zurückgezogen, um die heißesten Stunden mit Würfelspielen und kühlem Bier zu überbrücken. Es würde ohnehin keiner der Arbeiter wagen zu fliehen, da waren sie sich sicher.

Ein paar Momente atmete Tajo tief in sich hinein. Durch das dichte Laubwerk hoch oben in den Bäumen fielen nur wenige gebündelte Sonnenstrahlen, die den Wald so mit Lichtsäulen neben den knöchernen Stämmen der Akazien ausstatteten und das dahinterliegende Feld in eine blendende Aura hüllten. Er nahm all seinen Mut zusammen und suchte sich möglichst unauffällig einen Weg durch den Kokahain. Falls doch einer der

Wächter auftauchen sollte, konnte er so hoffentlich glaubhaft vermitteln, sich nur verirrt zu haben.

Juan, der Familienvater, erkannte Tajo sofort wieder, als er ihn entdeckte, wie er sich, die Blätter zur Seite schiebend, den Weg zu ihm bahnte. Die anfängliche Überraschung und Freude in seinem Gesicht wichen schnell einem furchtsamen Blick auf die umliegenden Pfade und lichten Öffnungen zwischen den Pflanzen; auch er fühlte sich stets beobachtet. Falls man sie zusammen erwischte, würde es für sie alle äußerst unangenehm werden.

Als Tajo die drei erreichte, rang er sich ein Lächeln ab, obgleich ihm bei ihrem Anblick nach dem Gegenteil zumute war. Juan begrüßte ihn ebenfalls mit einem müden Lächeln und einer kraftlosen Umarmung und sagte dann mit zittriger Stimme: „Tajo. Tajo, lass dich ansehen, gut dich zu sehen."

Dabei hielt er ihn mit ausgestreckten Armen fest an den Schultern.

„Du solltest nicht hier sein!"

Erneut blickte er sich ängstlich um.

„Du kannst es dir sicher denken: Wir sind nicht freiwillig hier. Sie dürfen uns nicht zusammen sehen."

„Ich weiß, Juan, ich weiß", sagte Tajo mit gepresster, flüsternder Stimme. „Ich war vorsichtig, ich glaube, für den Moment können wir sicher sein. Doch erzähl, was zum Teufel tut ihr hier, wie konnte das passieren? Das kann nicht richtig sein, dass ihr hier festsitzt!"

Dann sah er nacheinander und mit verständnislosem Blick Juans Frau Madelaine und ihrem Sohn Sankara in die Augen, die den seinen leer erwiderten.

Juan hingegen senkte den Kopf, legte die Stirn in Falten und hob den linken Mundwinkel, wie als Zeichen, dass er sich seinem Schicksal ergeben hätte. Mit einem leichten Nicken antwortete er dann in leisem Ton, sodass sein Sohn es nicht hören konnte: „Ja. Ja – natürlich hast du recht, alles lief aus dem Ruder, alles ging so schnell und nun haben sie uns in der Hand. Anfangs hatte ich noch Hoffnung, doch mittlerweile sehe ich keinen Ausweg mehr. Sie karren uns von Feld zu Feld, das geht jetzt schon seit Monaten so. Wir schuften hier von früh bis spät, und nachts schlafen wir in einer kleinen Baracke, in die sie uns zusammengepfercht in einem Laster verfrachten. Was soll das bringen, frage ich mich?"

Er seufzte.

„Wenn sie uns ein bisschen menschlicher behandeln würden, könnten wir doch auch schneller arbeiten. Aber sie halten uns wohl absichtlich schwach, damit sie selbst nicht so viel Arbeit haben und hier keiner auf dumme Gedanken kommt."

Tajo blickte ins Leere, zu gerne würde er ihnen helfen, doch was konnte er tun? Die Bewegung war zu mächtig, die Angst saß tief in jedermanns Kopf.

„Es tut mir weh, euch so zu sehen", sagte Tajo. „Aber ihr wart immer gut aufgestellt, was ist passiert? Bis jetzt konntet ihr euch doch immer halbwegs mit diesen Gaunern arrangieren, dachte ich?"

Nach kurzem Schweigen, in dem Juan sich nochmals nach allen Seiten umblickte, antwortete er: „Da hast du recht. Aber erinnerst du dich an die heftigen Unwetter Anfang letzten Jahres?"

Tajo nickte.

„Wir verloren mehrere Hektar unserer Kokasträucher. Bei uns oben in den Bergen sind wir ein paar heftige Tage ja gewohnt, doch dieses Mal waren die Äcker das reinste Schlachtfeld. Das Jahr meinte es nicht gut mit uns. Ein paar Monate zuvor starb die Schwester meiner Frau. Concuela, ich glaube, du hast sie einmal bei uns gesehen."

Tajo nickte kaum merklich und verzog die Mundwinkel nach unten.

„Für die Beerdigung und die Trauerfeier waren wir auf das Geld der Bewegung angewiesen. Uns blieb nichts anderes übrig, als den Kokaertrag bereits vor der Ernte an die Bewegung zu verkaufen. Die Katastrophe war perfekt, das Unwetter machte die Ernte zunichte, bevor wir auch nur einen Sack pflücken konnten. Einige Wochen danach kam dann ein Gesandter der Bewegung zu uns, um die Ernte abzuholen. Natürlich glaubte er uns kein Wort, als wir ihm von dem Verlust der Ernte erzählten. Die Verwüstung an Haus und Feldern war nicht zu übersehen. Doch dieser Sturkopf unterstellte uns, wir hätten die Ernte anderweitig verkauft, um einen höheren Gewinn zu erzielen. Die Unwettergeschichte hätten wir erfunden, um ihn hinters Licht zu führen. Willkür und Launenhaftigkeit – du kennst sie."

Tajo sah, wie sich Juans Griff um den langen Gehstock in seinen Händen vor Wut erhärtete, sodass das Weiß seiner Knöchel zum Vorschein kam.

„Das Ende vom Lied siehst du vor dir. Sie nahmen uns alles und beanspruchten meine Frau, meinen Sohn und mich, um die Schulden abzuarbeiten."

Tajo ließ ein paar Momente verstreichen, dann fragte er zögerlich: „Und was denkst du, wie lange wird das dauern?"

Bedeutungsvoll hob Juan seine Augenbrauen. Tajo verstand. Er musste etwas tun, er wollte, er musste handeln. Juan sah ihm an, dass seine Gedanken verzweifelt einen Weg suchten, ihnen zu helfen. Er sah ihm in die Augen und schüttelte den Kopf.

„Tajo, ich weiß, es sieht nicht gut aus, aber bitte …"

Er verstummte. Von weitem hörten sie ein lautes Johlen und Lachen – Guerillas auf der Pirsch. Ihre Blicke kreuzten sich und sie nickten sich stumm zu. Kurz winkte Tajo Madelaine zu, die nun Sankara schützend vor dem Körper hielt. Die Furcht stand ihr in den Augen.

„Ich komme zurück!", flüsterte Tajo ihnen noch zu, bevor er sich möglichst geräuschlos davon machte.

Als er sein Feld wieder erreichte, waren die anderen schon wieder fröhlich bei der Arbeit und schnitten gemächlich und schwatzend Stängel um Stängel der jungen Pflanzen in ihre Leinensäcke. Widerstrebend begann auch Tajo wieder mit der Arbeit, doch Juan, Madelaine und vor allem der kleine Sankara gingen ihm nicht mehr aus dem Kopf. Der Junge war vor kurzem erst zehn geworden und war einer solchen Arbeit bei weitem noch nicht gewachsen.

In Tajos Erinnerung war er ein vor Lebensenergie strotzendes Kind. Es war vielleicht zwei Jahre her, als er regelmäßig im Dorf von Juans Familie ein und aus ging. Er hatte damals für einen befreundeten Arzt Botengänge zu der Apotheke dort erledigt und bei der Gelegenheit hin und wieder Halt auf ihrer Farm gemacht. Bei ihnen gab es frisch von den Plantagen die besten Badeas weit und breit zu kaufen, die jeden Umweg wert waren. Ein Nachmittag dort war ihm besonders im Gedächtnis geblieben: Während er seine Fahrradtaschen für sich und Freunde mit den duftenden Früchten füllte, präsentierte der kleine Sankara ihm und den anderen Anwesenden seine wertvollsten Schätze, die er bei seinen Entdeckertouren durch die umliegenden Felder und Wälder sammelte. Darunter waren glitzernde Steine, merkwürdig gewachsene Astgabeln oder die Schwanzfeder eines Weißkopfadlers. Vogelfedern hatten es ihm wohl besonders angetan; er fädelte sie zu einer Kette auf, die er zu feierlichen Anlässen um seinen Hals trug. Tajo musste daran denken, wie er auf der Veranda des Hauses auf und ab lief, sich um seine eigene Achse drehte und dabei die Windspiele und funkelnden Glasperlen um ihn herum in Bewegung versetzte. Eines der Windspiele ließ eine zerbrechliche Melodie erklingen; sie klang, als ob ein verträumter Glockenspieler kurz nach dem Aufstehen mit äußerster Vorsicht versuchte, eine Tonfolge zu rekonstruieren, an die er sich aus einem märchenhaften Traum erinnerte. Und während diese Melodie erklang, fantasierte Sankara euphorisch von den Erlebnissen in den Welten und Weiten und von den Menschen und Reisen, die noch vor ihm lagen.

So wie Tajo sich erinnerte, wurde diese Szene damals jäh unterbrochen, als hinter dem nahe gelegenen Zaun zwei Männer in braunen Parka-Jacken auftauchten, sich in unmissverständlicher Pose auf dem Zaun abstützten und allen Anwesenden damit ein Gefühl des Unbehagens und der Verunsicherung einhauchten. All die Gäste und Freunde der Familie, die eben noch Zeit und Raum jenseits dieser Veranda vergessen hatten, setzten wieder eine geschäftige Miene auf, packten ihre Einkäufe in ihre Netztüten, nippten noch einmal an ihren Getränken, um sich dann förmlich und höflich ihrer Wege zu machen.

Doch was Tajo trotzdem am stärksten in Erinnerung blieb, war der unstillbare Lebenshunger des Jungen. Trotz der Misere, in der sie nun steckten, hatte Tajo noch einen Rest des Leuchtens, das noch an ein Leben voller Abenteuer glaubte, in seinen Augen erkennen können.

Es wuchs ein unumstößlicher Wille in ihm, Sankara aus dieser Lage zu befreien. Irgendwie musste er ihn fortschaffen von hier, weit, weit weg.

Er fürchtete die *Bewegung* und deren Guerillakämpfer. Ihm war bewusst, wozu diese fähig waren: Mord, Erpressung und Entführung gehörten zu ihrem täglichen Geschäft. Jeder wusste es und sie machten auch kaum einen Hehl daraus. Diese Selbstsicherheit wurde noch dadurch befeuert, dass sie sich kaum vor Konsequenzen fürchten mussten. Die Fronten waren verhärtet, die lokale Polizei war machtlos oder mit von der Partie. Es war somit kaum verwunderlich, dass der Wunsch, Sankara zu befreien und sich die Bewegung dadurch zum Feind zu machen, sehr zögerlich reifte. Bis hierhin war Tajos Leben durch launenhafte Entscheidungen, die in ihrem Zusammenhang kaum Sinn ergaben, bestimmt gewesen. Eine Mischung aus dem Weg des geringsten Widerstandes und sich ihm vor die Füße werfender Möglichkeiten hatten ihm einen passablen, wenn auch unkonventionellen Alltag ohne allzu viele Unbequemlichkeiten gestrickt. Wenn ihn dann doch an seltenen Tagen eine dunkle Leere hinter seiner Türschwelle überraschte, vertrieb er sie erfolgreich mit einer ausgedehnten, oft Monate andauernden Radtour durch die grenzenlosen Weiten, die dort draußen auf ihn warteten.

Doch dieses Mal würde ihm so eine Alltagsflucht nicht helfen, dessen war er sich sicher. Juan, Madelaine und Sankara würden an ihm haften bleiben und nicht mehr loslassen. Er musste ihnen helfen, alles andere bedrohte nicht nur ihre, sondern auch seine Existenz. Sein Entschluss stand somit fest, alles Weitere waren Details. Kurz war Tajo verblüfft über diese Einfachheit.

Dennoch durfte nichts überstürzt werden; es musste noch etwas Zeit vergehen, um nicht alles in einer Katastrophe enden zu lassen. Von nun an begann er, die Gewohnheiten der Guerillas zu studieren. Er verfolgte ihre Routen, ihre Abläufe und Gewohnheiten. Doch zu seiner Enttäuschung stellte es sich als schwierig heraus, verlässliche Routinen festzustellen. Die Art ihrer Aufsicht bestand eher aus der Schaffung einer permanenten Atmosphäre der Angst, als einer durchgängigen Kontrolle. Ein Entkommen war somit aber in einem günstigen Moment durchaus möglich. Sobald die Flucht jedoch bemerkt werden würde, war davon auszugehen, dass sich die Nachricht darüber wie ein Lauffeuer an die Wachposten und versteckten Stützpunkte in den umliegenden Wäldern verbreitete.

Ein paar Tage nach ihrem ersten Treffen begab sich Tajo erneut unauffällig zu dem Feld, dem Juan und seine Familie zugeteilt waren. Vorsichtig erzählte er ihm von seinem Plan, Sankara und, wenn möglich, auch ihn und seine Frau aus ihrer Lage zu befreien. Das Schwierigste würden die ersten Stunden sein. Sobald sie den engeren Gefahrenkreis überwunden hätten, plante Tajo über Medellín in Richtung Peru, Chile oder besser noch weiter, bis nach Argentinien zu fliehen, um außerhalb der Reichweite der Bewegung zu gelangen. Juan sah Tajo sprachlos an, während er ihnen seinen Plan schilderte. Auch Sankara und Madelaine hingen an seinen Lippen und brachten keinen Ton heraus. Zu hoffnungslos war ihre Lage, als dass sie an einen möglichen Ausweg zu glauben gewagt hätten. Tajo schilderte in allen Details, was er vorhatte – keinesfalls wollte er den Eindruck vermitteln, übermütig zu handeln. Er war sich bewusst, welche Verantwortung er sich dadurch aufbürdete, das sollten sie wissen. Nachdem er seine Ausführungen beendet hatte, fiel ihm Juan offensichtlich emotional zerrissen um den Hals. Sankaras Augen jedoch hatten mehr und mehr angefangen zu leuchten.

Im Flüsterton sagte Juan dann: „Tajo, ich weiß nicht, was ich sagen soll. Du hast ein gutes Leben, ich kann nicht von dir verlangen, das für uns aufzugeben!"

Er machte eine kurze Pause.

„Doch in unserer jetzigen Lage würdest du mich zum glücklichsten Mann machen, wenn dir gelingt, was du planst. Aber denkst du wirklich, du kannst es unbemerkt an den Wachposten vorbei schaffen?"

Er stockte noch einmal kurz: Es fiel ihm sichtlich schwer, seine weiteren Gedanken in Worte zu fassen. Für einen Moment sah er seine Frau Madelaine an; sie nickte ihm zu, sie verstanden sich stumm.

„Wenn du deinen Plan ausführen willst, musst du mit Sankara alleine gehen", sagte er dann.

„Madelaine und ich werden dich nicht begleiten können. Wir schaffen es gerade so, die Arbeit hier zu bewerkstelligen. Letzte Woche habe ich mir noch den Knöchel beim Abstieg eines Abhangs angeknackst. Sie brachten mich zu einem ihrer miserablen Ärzte und ich weiß nicht, ob und wann ich wieder vernünftig laufen kann. Wir sind zu langsam, so werden wir es nicht schaffen. Bitte, Tajo, bring Sankara fort von hier, er soll nicht den Rest seines Lebens als Sklave dieser Bastarde verbringen. Aber versprich mir, dass ihr vorsichtig seid!"

Sein Entschluss war gefasst. Tajo versuchte gar nicht erst, ihn umzustimmen: Es würde zu nichts führen. So gut es ging, versuchte er seine Enttäuschung zu verbergen. Selbst wenn er Sankara würde retten können, was würde mit Juan und Madeleine geschehen? Doch er wusste, dass es das war, was sie wollten – sie mussten es riskieren.

Zuversichtlich lächelte er Juan an, gab ihm die Hand und sagte entschlossen: „Wir werden es schaffen, Juan, versprochen!"

Er hatte sich schon zu lange auf dem Feld aufgehalten, alles war gesagt, es war Zeit zu verschwinden, bevor man sie erwischte. Sie verabschiedeten sich mit einer kurzen, aber festen Umarmung. Madelaine hatte die Unterhaltung stumm verfolgt und an manchen Stellen schwermütig, aber entschieden genickt. Es war nicht leicht, eine Idee von dem zu bekommen, was sich in ihrem Inneren abspielte, doch Tajo wusste, dass die Entscheidung auch für sie alles andere als leicht sein musste.

Ohne Juan hätte sie es vielleicht geschafft zu entkommen, doch eine Trennung von ihm kam für sie nicht infrage und auch sie wusste, dass die Chancen besser standen, wenn Tajo und Sankara zu zweit fliehen würden. Also nickte sie Tajo zum Abschied noch einmal entschlossen zu und umarmte ihn. Daraufhin packte sie ihn mit beiden Händen fest an den Oberarmen und sagte mit gepresster Stimme: „Danke, Tajo."

Sie drehte sich um, legte eine Hand auf Sankaras Schulter und verschwand mit ihm in den Kokahainen. Ein letztes Mal wandte sich der Junge zu Tajo um, der zwinkerte ihm zu, hob die Hand zum Abschied, lächelte und tauchte dann schnell und unauffällig im Dickicht des angrenzenden Dschungels ab.

FÜNF

Cardenal Morado, Kolumbien, Frühjahr 2005

Tajo beschloss, die Flucht auf einen Sonntagmorgen zu legen. Auf verlässliche Weise veranstalteten die Wächter in ihren Baracken am Abend zuvor einen Umtrunk, der so gut wie immer eskalierte. Früher oder später feuerten sie dann mit ihren Schusswaffen sinnlos in die Luft oder wahllos auf Ziele im Dickicht und verwüsteten bei betrunkenen Autofahrten die Straßenstände der Dorfbewohner.

So verlässlich der Sturm am Abend war, so sicher kam auch die Katerstimmung am nächsten Morgen. Für den Wachdienst wurden dann die jüngeren Mitglieder eingeteilt, die noch nicht so viel Rum vertrugen und schon früh benebelt in ihre Feldbetten gefallen waren. Eine hohe Aufmerksamkeitsspanne war ohnehin nicht gerade ihre Stärke – sie waren fast noch Kinder. Da ihnen die Übung fehlte, und ihre klobigen Waffen eher dazu dienten, Eindruck zu schinden, als einen präzisen Schuss abzufeuern, waren sie zudem noch miserable Schützen. Jedoch waren manche von ihnen durch ihren jugendlichen Heißsporn umso schießwütiger, wenn sich ihnen die Gelegenheit ergab, endlich einmal den Abzug zu betätigen.

An diesen verkaterten Sonntagmorgen lag ihnen indessen nicht viel daran, Fleißpunkte zu sammeln, wie Tajo zu seiner Beruhigung festgestellt hatte. In der Regel lungerten die Jungs in einer der Waldhütten herum, rauchten Gras und schlugen die Zeit mit Würfelspielen tot. Nur selten streiften sie vereinzelt entlang der Hütten und Felder umher, um nach ihren Schützlingen zu schauen. Diese Abläufe waren kein Geheimnis; trotzdem schien den Kämpfern diese Berechenbarkeit wenig Sorge zu bereiten: Sie waren sich ihrer Sache ziemlich sicher.

Juan und Tajo hatten bei den wenigen Treffen, die sie zuvor gewagt hatten, alles wieder und wieder durchgespielt. Für den unwahrscheinlichen Fall, dass Juan und Madelaine später ebenfalls die Flucht gelingen sollte, würde er eine Nummer im *Siete Palmas* hinterlegen, bei der sie sich dann melden sollten. Dort würden sie mit einem alten Bekannten namens Adam verbunden, der in Chile lebte und dadurch einigermaßen sicher vor der *Bewegung* war. Ihm konnten sie vertrauen und Tajo würde ihm regelmäßig Sankaras Standort mitteilen.

Schon Wochen zuvor fieberte Tajo dem Tag der Flucht entgegen. Gleichzeitig fühlte er sich aber erdrückt von der Verantwortung und der Gefahr, der er sich, Sankara und dessen Familie auslieferte. Um seine Ängste zu vertreiben, zwang er sich immer wieder, seine Gedanken auf den Zweck seines Plans zu richten. Denn die Idee des möglichen freien Lebens für Sankara hielt all dem stand.

Dann war der Tag gekommen. In der Nacht hatte er kaum Schlaf gefunden – immer wieder war er aufgeschreckt mit der Vision, dass ein Teil seines Plans scheitern würde. Am Morgen dann, als die ersten Sonnenstrahlen durch das Matt seiner Fenster drangen, wachte er erneut schweißgebadet auf – das Bild eines leblosen Körpers, den er auf seinen ausgestreckten Armen trug, hatte sich auf sein inneres Auge gebrannt. Panisch atmete er ein und aus, starrte ziellos geradeaus, bis endlich dieses so unwirklich ferne und doch so real erscheinende Bild in seinem Kopf etwas verblich, und er sich hier und jetzt in seiner Realität wiederfand.

Konzentriert lauschte er dem Zwitschern der Vogel vor dem Fenster, bis sein Atem langsam abflachte. Dann stand er zügig auf und warf sich an dem kleinen Waschbecken in der Ecke des Raumes mehrere Handvoll kaltes Wasser ins Gesicht. Seine Arme zitterten, als er sie zögerlich wie in seinem Traum vor seiner Brust ausstreckte. Er sah in den Spiegel: Ein Mann mit leeren, eingefallenen Augen blickte zurück. Schnell wandte er sein Gesicht ab, seine Arme verkrampften. Es dauerte einige Momente, bevor er sie mit äußerster Willenskraft wieder dazu bekam, herabzusinken. Erneut wusch er sein Gesicht mit kaltem Wasser, schüttelte dann mit an die Stirn gehaltenen Fingerspitzen seinen Kopf, als Zeichen an seinen Körper, sich zusammenzureißen. Dann kehrte er dem Spiegel den Rücken zu.

Hastiger als nötig zog er sich seine gewohnte Straßenkleidung an, eine khakifarbene Cargo Hose mit hellgrauem Leinenhemd, und packte in eine kleine, enganliegende Umhängetasche die notwendigsten Dinge für den Weg. Manche seiner Habseligkeiten hatte er im Vorfeld verkauft, das meiste ließ er aber zurück, auch wenn es ihn jetzt schmerzte. Doch die Auflösung seines gesamten Haushalts hätte vielleicht zu viel Aufmerksamkeit erregt.

Sodann verließ er für ein letztes Mal seine Hütte. Es war ein wolkenloser Morgen, Blütenstaub und Pollen bildeten einen Schleier um die umliegenden Landschaften. Das erste Licht des Morgens tauchte Bäume, Wiesen und Berge in matte, seidige Pastelltöne. Die ansässigen Vogelschwärme gaben lauthals ihr morgendliches Konzert. Die noch kalte, nach Tau duftende Luft hinterließ ein Gefühl tiefer Lebendigkeit, als Tajo sie weit in sich hinein sog und dann, etwas wärmer, wieder an die Umgebung freigab. Viel zu selten war er in diesen friedlichen und unschuldigen Morgenstunden unterwegs, dachte er bei sich. Die Welt wirkte wie frisch geboren, als wäre sie nie von etwas Schlechtem berührt worden.

Kurz ergab er sich dieser Träumerei, die die Magie dieses goldenen Morgens ihm bot. Doch schon einige leichtfüßige Schritte später riss ihn das laute Klirren einer Flasche aus seinen Gedanken, die er versehentlich mit seinem Fuß weggekickt hatte. Geräuschvoll rollte sie über den Steinbelag des

Weges und kam mit einem hohlen, lauten Klang an einem Steinbrocken zum Stehen. Abrupt hielt Tajo inne, verzog das Gesicht und hob vor Schreck die Schultern, bis das Echo in den Straßen verhallte. Vorsichtig blickte er sich um und horchte einige Momente in die entstandene Stille – doch zu seiner Erleichterung sah und hörte er nichts, was ihn beunruhigte. Entschlossen nahm er noch einen letzten tiefen Atemzug, riss sich zusammen und machte sich zielstrebig auf den Weg durch die Büsche und Wiesen hinter der letzten Häuserreihe des Dorfes.

Die Baracken, in denen die Feldarbeiter untergebracht waren, standen unweit der Kokafelder auf einem kleinen Hügel, an dem sich der sonst dichte Dschungel auf einem etwa fünfzig Meter breiten Feld lichtete. Es war eine Ansammlung von vielleicht zehn bis fünfzehn heruntergekommenen Hütten mit Wellblechdächern, denen die Arbeiter in Gruppen oder, wie im Falle von Juan, Madelaine und Sankara, als ganze Familien zugeteilt waren. Die Hütten waren nicht verschlossen, doch sobald man ins Freie trat, drängte sich einem stets das Gefühl auf, von Augen und Waffenmündungen der Guerillas verfolgt zu werden.

Als Tajo dort ankam, schlich er sofort so unauffällig wie möglich zur Rückseite der Hütte, in der Sankaras Familie hauste. Bisher war alles ruhig verlaufen, er hatte keine Menschenseele auf seinem Weg angetroffen. Auch im Umkreis der Hütten schien noch niemand unterwegs zu sein – vielleicht weil es noch früh war, oder die Arbeiter sich ohnehin kaum unnötig aus ihren Hütten trauten. Juan hatte vorgeschlagen, Sankara über ein Fenster des mickrigen Bades hinausklettern zu lassen. Es war nach hinten in Richtung Wald orientiert und somit der unauffälligste Weg hinaus. Dort würde Tajo ihn in Empfang nehmen.

Als er zur vereinbarten Zeit an der Hütte ankam, war von Sankara oder Juan und Madelaine allerdings keine Spur zu sehen. Vorsichtig spähte er durch das Fenster. Die große Scheibe war längs gesprungen und steckte in einem rostigen, ehemals weiß lackierten Blechrahmen. Durch den Sprung verzerrt sah Tajo die Badezimmertür, die zum Wohnraum führte – sie war verschlossen. Gerade wollte er vorsichtig an das Fenster klopfen, da hörte er das Knattern eines Cross-Motorrades sowie die fast noch kindlich klingenden Stimmen zweier junger Männer, die sagten: „Denk daran, Juan. Wir sind überall. Besser ihr bleibt schön zusammen in eurer Hütte, dann bleiben wir Freunde. Wir kommen später noch einmal nach euch sehen, versprochen!"

Reflexhaft kauerte sich Tajo mit angezogenen Beinen unter das Badezimmerfenster und versuchte ruhig ein- und auszuatmen. Doch sein Herz pochte und seine Hände zitterten, als er sie prüfend vor sein Gesicht hielt. Angestrengt horchte er in die entstandene Stille. Aus dem Inneren der Hütte kam aber keine Antwort, nur ein resignierender Seufzer. Daraufhin fiel eine Tür ins Schloss. Mit geschlossenen Augen und erzwungener flacher Atmung wartete Tajo ab, bis das Motorrad und mit ihm die halbstarken Guerillas verschwunden waren.

Dann stand er auf und sah erneut durch das marode Fenster. Wenige Augenblicke später kam Sankara ins Badezimmer, den Blick noch etwas ängstlich zur Haustür gewandt. Als er jedoch zum Fenster sah und Tajo erblickte, fing er an zu strahlen und musste sich sichtlich zusammenreißen, nicht vor Freude aufzuschreien. Juan und Madelaine folgten dem Jungen und begrüßten Tajo mit freudigem, aber auch wehmütigem Blick.

Behutsam öffnete Juan das Fenster, das sich etwa in Tajos Kopfhöhe befand und sagte leise: „Tajo!"

Dann zog er dessen Kopf mit beiden Händen zu sich heran und küsste ihn auf die Stirn.

„Jetzt bist du da."

In einer stoßartigen Bewegung ließ er seinen Kopf wieder los und sagte: „Irgendwie scheinen sie Verdacht geschöpft zu haben. Vielleicht war es auch nur Zufall. Hin und wieder statten sie spontane Besuche ab und hinterlassen ein paar Drohungen. Man soll sich niemals sicher fühlen."

Juan verharrte kurz am Fenster und blickte zu den Baumwipfeln am Ende des Feldes, die sanft hin und her schaukelten, als ginge sie dies alles nichts an. Ein paar Momente verstrichen, in denen nur das Flüstern des Windes und das Krähen einiger Vögel zu hören war. Tajo sah Juan mit in Falten gelegter Stirn und beinahe flehend an, traute sich aber nicht, etwas zu sagen. Kurz bevor seine Nervosität überhandnahm, kehrte Juan aus seinen Gedanken zurück und fuhr fort, gerade so, als ob ihn jemand unterbrochen hätte: „Ok. Dann ist es nun so weit."

Er senkte seinen Blick hinunter zu Sankara, der seinen mit großen Augen erwiderte. Mit glänzenden Augen und brüchiger Stimme sagte er: „Jetzt ist es an dir, Sankara. Die Welt dort draußen – glaub an dich und du wirst alles schaffen, was du dir vornimmst. Halt dich immer an Tajo, er wird auf dich aufpassen. Wir werden immer bei dir sein, du weißt, wie ich das meine?"

Der Junge nickte stumm.

„Und sobald dieser Spuk hier vorbei ist, sehen wir uns wieder, versprochen!"

Juan umarmte Sankara lange und fest. Ein Hauch von Verzweiflung lag in seinem Gesicht, wich aber schnell einer Entschlossenheit, einem Drang nach Standhaftigkeit. Sankara schien sich der Bedeutung der Situation langsam bewusst zu werden. Kaum vernehmlich wurde sein Atem stoßartiger, um die Enge, die sich um seinen Hals legte, zu vertreiben. Seine polarluft-klaren Augen bekamen einen Anflug von Wehmut, dann wandelte sich auch sein Blick und spiegelte die

Entschlossenheit seines Vaters wider. Er nickte ihm kurz zu und brachte ein gehauchtes „Ist gut, Papa" hervor. Juan ließ ihn los, setzte ihm seine dunkelblaue Schirmmütze auf den unbändig gelockten Kopf und trat einen Schritt zurück. Nun beugte sich Madelaine hinab zu ihrem Sohn, umarmte ihn und flüsterte ihm etwas ins Ohr, das Tajo nicht verstand.

Der verharrte weiterhin am Fenster und versuchte, sich seine Anspannung nicht anmerken zu lassen. Achtsam hatte er in den letzten Minuten seine Augen durch das angrenzende Buschland schweifen lassen, um etwaige Beobachter erspähen zu können. Während Sankara sich noch von seiner Mutter verabschiedete, trat Juan zu Tajo ans Fenster.

„Es fühlt sich furchtbar an hier", sagte Tajo leise, das Gesicht nur halb zu Juan gewandt.

„Sich seiner nie sicher zu sein, als ob man unter ständiger Beobachtung stünde. Es ist wie damals, bei euch am Haus, als Sankara gerade das Glasperlenspiel auf der Veranda auseinandernahm. Als diese beiden Typen im braunen Parka auftauchten. Man ist so fremdbestimmt – weißt du noch, Juan?"

Juan war erneut in seiner Gedankenwelt versunken und blickte mit leerem Blick zu den Baumwipfeln.

„Hm? Entschuldige Tajo, was meinst du?", sagte er einige Augenblicke später, wieder zurück im Jetzt.

„Damals …", setzte Tajo nochmals an, doch von weitem war nun erneut das Knattern von Cross-Motorrädern zu hören, sie mussten sich beeilen. Sie warfen sich alarmierte Blicke zu. Juan legte auffordernd eine Hand auf Sankaras Schultern.

„Diese beiden Typen, hinter dem Zaun damals bei euch. Waren die nicht auch von der Bewegung?" sagte Tajo in hastigem Ton.

„Zwei Typen? Ich weiß nicht, wann war …"

Das Knattern kam näher, es wurde höchste Zeit.

„Tajo, los, ihr müsst verschwinden, geht! Wir werden sie ablenken!" zischte Juan.

Tajo nickte und antwortete: „Ist gut."

Sankara löste sich aus Madelaines Umarmung, gab ihr einen Kuss auf die Wange und kletterte, von Juan gestützt, durch das Fenster. Tajo nahm den Jungen entgegen und sagte: „Ok, Häuptling, los geht's."

Kurz war er überrascht, wie leicht der Junge war, dann setzte er ihn ab, nahm ihn an der Hand und sie rannten los. Noch ein letztes Mal blickten sie zurück zu seinen Eltern, die ihnen ermutigend, aber auch zerrissenen Herzens durch das halb geschlossene Fenster hinterher sahen.

Ab jetzt gab es kein Zurück mehr. Nach den ersten paar Metern über das freie Feld tauchten sie in das Unterholz des angrenzenden Gebüschs ein. Die ersten hundert Meter rechnete Tajo nicht mit Zwischenfällen – die nächsten festen Wachposten waren seiner Beobachtung nach erst hinter dem nahegelegenen Fluss abgestellt. Nachdem sie sich ihren Weg so geräuschlos und schnell wie möglich durch das leuchtend grüne Urwald-Gestrüpp gebahnt hatten, erreichten sie kurze Zeit später in einer Senke das seicht fließende Gewässer.

Tajo lotste Sankara an eine Stelle des Flusses, an der sich dieser weit auffächerte, um einer Ansammlung großer, rund geschliffener Felsbrocken auszuweichen. Das Wasser war hier nur knöcheltief und kristallklar und sie konnten leicht hindurchwaten. Durch die Breite war das Blickfeld jedoch weit geöffnet, sodass mögliche Beobachter leichtes Spiel hatten, sie zu entdecken. Der Flusslauf wurde zwar von einigen hohen, im Bogen gewachsenen Bäumen umsäumt – es wirkte, als sei er von einem grünlich schimmernden Tunnel umgeben. Doch diese Abgeschirmtheit war trügerisch, das wusste Tajo.

Bevor sie sich über das flache Wasser wagten, verharrten sie ein paar Schritte vor dem Rand des Flusses, bis sich Tajo sicher genug fühlte, nicht beobachtet zu werden. Neben ihnen wuchsen einige Maililien, die mit ihren rosa leuchtenden Blüten aussahen wie weit geöffnete Schlunde angriffslustiger Rieseninsekten. Aus seiner Angespanntheit gerissen, sah Sankara sie für einen Moment ehrfürchtig an. Dann ließ Tajo noch einmal prüfend seinen Blick über die angrenzenden Ufer gleiten. Die Luft schien rein zu sein.

Er wusste, wie wertvoll Sankara für die Bewegung sein konnte. Kinder wie er waren noch formbar und leicht von ihrer Sache zu überzeugen. Früher oder später hätten sie ihn zu sich geholt, um ihn, wie so viele andere Jugendliche, zu einem skrupellosen Kämpfer zu machen. Kaum einer dieser verwunschenen Jungs wurde älter als dreißig.

Während Tajo diese Gedanken wie mahnende Blitze durch den Kopf schossen, hörten sie hinter sich ein entferntes Schreien und Rufen. Sie waren aufgeflogen. Tajo packte Sankara und erneut rannten sie los. Das Wasser lief ihnen in die Schuhe. Bei jedem platschenden Geräusch, das ihre watenden Schritte verursachten, zuckte er innerlich zusammen. Er sah zu dem Jungen hinab: Der kämpfte sich mit einer nahezu liebenswürdig verbissenen Miene neben ihm ab, als ob es ein Turnier in der Schule zu gewinnen gäbe. Dann endlich erreichten sie das andere Ufer des Flusses. Die Überquerung konnte nicht länger als eine Minute gedauert haben, dennoch erschien sie Tajo wie eine Ewigkeit. Dort erwartete sie eine steile Böschung, die sie nun hinaufkraxelten, wobei sie sich an den armdicken Wurzeln der Bäume festkrallten. Sankara hielt sich wacker: ohne zu jammern, und mit nur wenig Hilfe von Tajo meisterte er auch diese Hürde.

Oben angekommen verschnauften sie für einen Moment, und Tajo blickte mit besorgter Miene hinab in das Tal, das vor ihnen lag. Es folgte der Abschnitt, den er wohl am meisten gefürchtet hatte: parallel zum Fluss verlief eine mehrere hundert

Meter breite Schneise durch den Wald, die von schulterhohen Gräsern bewachsen war. Er hatte bei seinen Erkundungen dort des Öfteren Wachposten gesehen – es gab sogar einige Hochstände, von denen aus die Wächter das Gelände überwachen konnten. Doch an einem Morgen wie diesem, an dem die meisten der Aufpasser mit dröhnendem Schädel in ihren Hütten herumlungerten, bestand Hoffnung, dass die Posten unbesetzt oder wenigstens ausgedünnt waren.

Am Rand der Schneise stehend zögerte Tajo noch etwas und ließ seinen Blick über das freie Feld schweifen. Auch hier konnte er zu seiner Beruhigung niemanden entdecken. Doch hinter ihnen waren erneut lautstarke Stimmen zu hören, diesmal mehrere und viel näher als zuvor. Tajo hoffte auf ihr Glück, drückte Sankaras Hand noch etwas fester, und wieder liefen sie los.

Angeregt durch die starken Westwinde, wirkten die Weiten aus matt grünem Weidengras wie eine aufbrausende Wasserlandschaft; eine homogene Masse, die sie verschluckte und immer wieder auf- und abtauchen ließ, wie zwei einsame fliegende Fische. In der Ferne ertönten nun Schüsse, die sie Peitschenhieben gleich zu einem noch höheren Tempo antrieben. Ein Vogelschwarm erhob sich aufgeschreckt aus den angrenzenden Baumkronen. Sankara lief weiter stumm neben Tajo, doch die Panik zeichnete inzwischen sein sonst so friedliches Gesicht. Er lief um sein Leben, die Augen geradeaus, die eine Hand schützend vor seinem Gesicht, um das Gestrüpp fernzuhalten. Tajos Schläfe pochte. Er musste kämpfen, um mit dem Schmerz zurechtzukommen, der sich dort mit einem Mal ausbreitete. Überall in den umliegenden Bäumen und Sträuchern sah er plötzlich Schatten von Gestalten, die ihn beobachteten und sich gegenseitig kryptische Zeichen gaben. Doch das konnten nicht alles Kämpfer der Bewegung sein – jedenfalls gaben sie sich keine Mühe, sie an ihrer Flucht zu hindern.

Tajo taumelte, ein anschwellendes Meer von Stimmen in seinem Kopf übertönte langsam das laute Plärren der Vögel. Der Schmerz in seinem Kopf breitete sich weiter aus, er spürte einen heftigen inneren Druck zwischen seinen Augen und sein Blickfeld verdunkelte sich zunehmend. Kurz spürte er Sankaras besorgten Blick, der ihn von der Seite traf. Er riss sich zusammen. Dann, endlich, erreichten sie das Ende des Feldes. Sie sprangen durch eine Lücke zwischen den Büschen am Rand der Schneise und fanden sich zurück im schützenden Dickicht.

Das Schussintervall ließ nach, die aufgebrachten Stimmen der Wächter verhallten in immer weiteren Wellen, bis sie schließlich von dem empörten Klangteppich der Vogelstimmen übertönt wurden. Sie hatten es geschafft. Auf dem moosigen Boden eilten sie leichten Schrittes und dennoch zügig durch das Unterholz. Die Wahrscheinlichkeit, hier entdeckt zu werden, war gering, auch wenn ein geräuschloses Vorankommen zwischen den dicht gewachsenen Bäumen und Büschen kaum möglich war. Sie konnten nur hoffen, dass die Guerillas ihre Fährte nicht aufgenommen hatten. Hierzu war jedoch Gespür und Erfahrung erforderlich – Eigenschaften, die Tajo den Wächtern nicht zuschreiben würde. Wahrscheinlicher war es, dass sie ihr Entkommen melden und die Nachricht verbreiten würden, damit Mitglieder oder Spitzel der *Bewegung* die Geflohenen in umliegenden Straßen und Dörfern aufspüren und festhalten konnten.

Um sich dem zu entziehen, hatte Tajo sich auf einem nahegelegenen, etwas versteckten Rastplatz mit einem alten Bekannten verabredet, der mit Fernbussen Touristen durch das Land und bis über die Grenze Perus fuhr. Allgemein war bekannt, dass diese Busse für die Kämpfer eine Tabuzone waren, denn durch einen Eingriff dort würden sie sich einen Rattenschwanz an Ärger einhandeln. Das war zwar im Zweifel kein

Hindernis, doch Tajo spekulierte darauf, dass ihnen dies die Sache nicht wert sein würde.

Als sie den vereinbarten Treffpunkt erreichten, standen zu Tajos Erleichterung bereits der Bus und Jeff, der etwas untersetzte und dauerqualmende Fahrer, zur Stelle. Wortlos wies er sie an, sich im Laderaum des noch unbesetzten Busses zu verstecken, verschloss die Klappe und setzte das Gefährt in Bewegung.

Im nächsten Ort stiegen einige Passagiere hinzu, Tajo und Sankara verharrten weiterhin unbemerkt in dem kleinen abgeschotteten Gepäckabteil. Mit jedem gefahrenen Kilometer beruhigte sich Tajos Puls ein wenig mehr. Er dachte an Juan und Madelaine und hoffte inständig, dass der Zorn der Bewegung sie nicht zu hart treffen würde. Vielleicht schafften sie es tatsächlich, sich irgendwie aus der Sache heraus zu reden und glaubhaft zu vermitteln, nichts von der Flucht gewusst zu haben. Die Straßen waren durchlöchert und die Stoßdämpfer des Busses offenbar mehr als verschlissen. Tajo klammerte sich fest an eine armdicke Metallstange am Rand des Gepäckraums und schaukelte bei jeder Unebenheit der Straße hin und her. Sankara war bereits einige Minuten nach der Abfahrt in seinen Armen eingeschlafen und wachte erst Stunden später kurz vor der Grenze Perus wieder auf.

Dort rangierte Jeff den Reisebus auf einen viel frequentierten Rastplatz, um eine letzte Pause einzulegen. Die Wartezeiten an der Grenze konnten lang sein, weshalb die meisten Busse hier noch Rast machten und den Passagieren so noch etwas Frischluft ermöglichten. Es war bereits dunkel, als sie dort ankamen. Eine kühle, angenehme Feuchte, durchmischt mit dem blauen Dunst verpuffenden Zigarettenqualms lag in der Luft, als Jeff die Klappe des Gepäckraums öffnete. Unauffällig stiegen Tajo und Sankara aus dem Laderaum, nickten ihm zum Dank zu und bahnten sich dann einen Weg durch die

Trauben fröhlich plappernder Touristen. Über einen kleinen Trampelpfad entkamen sie schließlich ungesehen nach Peru.

Es sollte das letzte Mal für eine lange Zeit sein, dass Tajo einen Fuß auf den Boden seines Heimatlandes setzte.

SECHS

10 Jahre später - Pazifikküste, Chile, Frühjahr 2015

Kleine Wellen kräuselten das Wasser. Das Azurblau der Wasseroberfläche unterschied sich nur geringfügig von dem etwas blasseren Blau des Himmels. In Hockstellung und stiller Konzentration betrachtete Garcia das Becken. Mit seiner rechten hohlen Hand entnahm er dem Bassin etwas Flüssigkeit und ließ es wie feinen weißen Sand durch seine Finger rieseln, zurück zu seinem Ursprung. Er fühlte der Qualität des Elements nach, seiner Weichheit, seiner Zusammensetzung, nahm die Oberflächenspannung wahr, die das zurück rinnende Wasser durchbrach. Er beobachtete, wie es dann für einen kurzen Moment zurück in die Höhe sprang wie ein widerwilliges Kind, um dann doch wieder in der transparenten Masse aufzugehen. Nichts war zu hören – nur das leise Plätschern, das seine durchs Wasser gleitenden Fingerspitzen erzeugten.

Es war früh am Morgen, der Pool lag noch im Schatten der Palmen und Pinienbäume, die das Becken umsäumten wie eine Oase. Wie Bedienstete hielten sie ihre Palmwedel schützend über das dreieckig geformte Bassin. Blickte man von oben auf das Becken, waren die Ecken abgerundet und die Seiten nach innen eingedellt, sodass sich eine organische, aber in ihren perfekten Rundungen zugleich künstliche Kontur ergab.

An der Brusttasche seines gräulichen Poloshirts war ein laminiertes Namensschild angebracht, auf dem in fetten, serifenlosen Lettern *'GARCIA – Poolassistent'* geschrieben stand. Die ersten kräftigen Sonnenstrahlen erreichten gerade seinen Kopf, während er seine Hände an einem strahlend weißen Handtuch trocknete, das er locker über seine Schulter geschlagen hatte. Zum Schutz vor der Hitze trug er eine verblichene Schirmmütze mit dem Emblem der New York Yankees über dem schütteren Haar. Er legte seine halb verdeckte Stirn in Falten und dachte nach, was es noch zu verbessern galt – er war Perfektionist, der wohl wichtigste und vielleicht auch einzige Antrieb für die gewissenhafte Ausübung seiner Arbeit. Er schaffte nichts Neues, war gebunden an diesen Ort. Doch trotz alledem war er erst dann zufrieden, wenn das ihm anvertraute Element eine vollkommene Reinheit erlangt hatte und die Fremdkörper und Schwebeteilchen, die sich auf der Oberfläche abgesetzt hatten, nahezu vollständig beseitigt waren.

Mit einem kleinen Gerät, das er in seiner Tasche trug, maß er die PH- und Chlorwerte, um sie später zusammen mit Wassertemperatur und aktuellem Datum auf einer Tafel in der Empfangshalle des Clubgebäudes für die Gäste zu notieren.

Er selbst ging hier niemals schwimmen. Das Wasserbecken war für ihn eine Art Kunstwerk, das niemals vollendet war. Dadurch hatte es in seinen Sinnen einen fast schon transzendenten Charakter – darin einzutauchen, welch ein Frevel! Die Gäste, die hier baden gingen, betrachtete er eher als Teil des Ganzen, wie Kois in einem gut behüteten Koiteich. Ohne sie war es eben doch nur ein Teich.

Es roch nach frisch gemähtem Gras und salziger Meeresluft, die in sanften Brisen zum Clubareal getragen wurde – Boten einer rauen, wilden und dreckigen See, ein Chaos voller Tiere und Unterwasserpflanzen. Für ihn war der Pool die Essenz des Meeres, wie das Gold die Essenz eines lehmigen grauen Berges ist – eine kostbare und erstrebenswerte Reinheit.

Doch nun wurde die Stille jäh durchbrochen: Die Lautsprecheranlage im Innenbereich erzeugte eine blechern klingende Bandansage mit vorangehendem polyfonen Bläserjingle, der den Tag für die Gäste einläuten sollte. Garcia zuckte kurz zusammen. Er hatte noch immer kein Verständnis dafür, dass diese quälende Tonfolge auch außerhalb der Saison gespielt werden musste, in der sich ohnehin kein Gast auf dem

Gelände befand. Doch der Chef war pedantisch: Jeder Tag brauchte Rituale und eine feste Struktur.

Umso verwunderter war Garcia, als er sah, wie sein Kollege Edwin in Begleitung eines etwas abgewetzten Radfahrers auf der anderen Seite des Pools auftauchte.

Tajo hatte ein gutes Gespür dafür, wenn er als Eindringling wahrgenommen wurde. Aber bei den Blicken, die Garcia ihm zuwarf, hätte wohl selbst ein Schwarm Mücken bemerkt, dass er hier nicht erwünscht ist. Edwin war um die zwanzig Jahre jünger als Tajo, sie kannten sich noch aus seinem Heimatdorf, in dem Edwin aufgewachsen war.

Kurz erschrak Edwin, als er Garcias giftigen Blick bemerkte, fasste Tajo daraufhin am Arm und sagte leise: „Oh, das habe ich ganz vergessen, Garcia ist noch mit seinem Morgenritual zugange. Komm, lass uns dort hinübergehen."

Er zeigte auf eine rustikal gezimmerte Bank, die vor einer der Hütten aufgestellt war.

„Ist gut", erwiderte Tajo, lächelte Garcia zu und hob seine Kappe in einer flüchtigen Bewegung zum Gruß. Dieser würdigte ihn keiner Reaktion und war bereits wieder mit voller Ernsthaftigkeit bei seinem Gewässer.

„Ein fröhlicher Geselle", bemerkte Tajo.

„Garcia?", sagte Edwin, „ach, der ist in Ordnung. Es gibt hier die unausgesprochene Vereinbarung, dass er in den Morgenstunden den Pool für sich hat, bevor er durch uns oder die Gäste gestört wird. Er liebt seinen Pool, wirklich wahr! Ich frage mich immer, wie man so vernarrt in ein Becken voller Wasser sein kann."

Tajo sah ihn andächtig an.

„Na ja, jetzt erzähl doch erstmal, was hat dich hierher verschlagen? Liegt ja nicht gerade auf deinen üblichen Reiserouten, oder?"

Aus seinen Gedanken gerissen, antwortete Tajo: „Reiseroute?"

Er zögerte kurz und fuhr dann fort: „Ja. Da hast du wohl recht. Diesmal will ich jedoch bis nach Kolumbien, noch einmal die Luft des warmen Nordens atmen. Einige Wochen bin ich schon unterwegs. Gestern hab' ich ein paar Kilometer östlich von hier in den Bergen übernachtet – leider in der Nähe von einer dieser Serpentinenstraßen, die nur so breit sind wie ein Truck."

„Ah, lass mich raten, da gab es schon ein nettes Hupkonzert für dich heute Morgen?"

Tajo nickte zerknirscht.

„Ich kann die Truckfahrer ja verstehen, ein paar hundert Meter zurückzusetzen mit so einem Monstrum ist sicherlich kein Spaß, wenn dir wer entgegenkommt."

„Und da dachtest du dir, hier in unserem schönen Resort findest du zur Abwechslung etwas Ruhe."

„Naja so in etwa, in erster Linie wollte ich natürlich mal *Hallo* sagen."

„Du hast dir gemerkt, dass ich hier arbeite! Ich fühle mich geehrt", sagte Edwin und grinste Tajo an.

„Klar doch", antwortete Tajo und drückte ihm freundschaftlich die Faust auf die Schulter.

„Das war nicht allzu schwer. Du weißt, wie stolz deine Mutter auf dich ist. Sie wurde nicht müde, davon zu erzählen, wie weit du es hier gebracht hast. Den Namen *Palmeras y Pinos* ließ sie selten unerwähnt. Also erzähl mal, was treibst du hier eigentlich den ganzen Tag?"

Während Tajo und Edwin sich in ihr Gespräch vertieften, beobachtete Garcia sie aus dem Augenwinkel. Er stand immer noch am Rand des Pools, wobei er sich auf seinem Reinigungs-Kescher aufstützte. Die Augen hatte er zu schmalen Schlitzen geformt, wodurch sich seine Miene zu einer kaltschnäuzigen Fratze verzog. Nach einer Weile fischte er erneut nach dem Messgerät in seiner Hosentasche. Er schüttelte es aus wie ein altes Quecksilber-Fieberthermometer – völlig sinnlos, das wusste er selbst, doch irgendwie hatte er sich diese Marotte angewöhnt. Behutsam tauchte er das Gerät ins Wasser. Ein paar Momente des Wartens verstrichen, in denen Garcia seinen Blick dem Meer zuwandte. Der Ozean im Hintergrund, sein Pool davor – *welch ein Meisterwerk* – dachte er.

Das Gerät gab ein kurzes Piepen von sich, Garcia blickte auf die Anzeige: 7.6, so wie zuvor. Optimal war ein Wert zwischen 7.2 und 7.4. Mit einer metallenen Schaufel, die aussah, als sei sie einer mittelalterlichen Apotheke entwendet, entnahm er einem Eimer etwas Granulat, wog die gewünschte Menge mit federnder Bewegung aus dem Handgelenk ab, schritt zurück an den Beckenrand und verteilte die getrocknete Salzsäure mit einer gekonnten Schwenkbewegung auf der Wasseroberfläche, wie ein Priester, der sich und seine Gemeinde mit geweihtem Wasser reinwusch.

Damit war sein morgendliches Ritual abgeschlossen, er fühlte sich erleichtert. Sein zuvor noch etwas angespanntes Gesicht lockerte sich, nun war es Zeit für einen Kaffee. Später würde er wiederkommen, um die Oberfläche noch einmal von Blättern und sonstigem Unrat zu befreien.

Beschwingt schritt er in Richtung der Empfangshalle, vorbei an Tajo und Edwin, die noch immer plaudernd auf der Bank vor einer der Hütten saßen. Gut gelaunt winkte er ihnen zu, legte zwei Finger an seine vergilbte Mütze und machte eine Handbewegung in Richtung Himmel. Tajo sah ihn nur verdutzt an, Edwin lächelte und nickte zum Gruß zurück. Als Edwin Tajos Gesichtsausdruck sah, lachte er kurz auf und sagte: „Ich sag's dir doch, etwas undurchschaubar auf den ersten

Blick und auf den zweiten noch mehr. Aber: Der beste Pool-pfleger, den du dir vorstellen kannst."

Nie zuvor hatte sich Tajo einen guten Poolpfleger vorge-stellt und sein Vorstellungsvermögen stieß auch nun schnell an seine Grenzen.

„Unterhalte dich doch einmal mit ihm. Interessanter Typ, kommt ursprünglich auch aus Kolumbien. Er musste fliehen, wenn ich mich recht erinnere. Er spricht nicht gerne darüber."

Tajo horchte auf.

„So?"

„Ja, ich meine mal so etwas herausgehört zu haben. Viel-leicht erzählt er dir ja mehr. Du hast diese vertrauenswürdige Ausstrahlung."

Edwin lachte herzhaft, schlug Tajo kräftig auf die Schulter und sagte dann: „Du musst mich entschuldigen, ich habe noch zu tun. Wenn unser Chef wieder kommt, will er eine saubere Buchführung sehen."

„Wann wird das sein?"

„Frühestens morgen Abend. Also ruh dich doch noch etwas hier aus, wenn du willst. Ich schaue mal, ob ich dich in einer der Hütten unterbringen kann. Duschen und so weiter findest du aber auch dort drüben im Haupthaus."

„Dank dir, Edwin. Falls ich über Nacht bleibe, würde mir ein Plätzchen für mein Zelt, irgendwo am Rand auf dem Ra-sen, ausreichen. Ich will dir keine Umstände bereiten."

Edwin stand auf, zog sich sein Hemd zurecht und antwor-tete: „Ist gut, also dann …"

Dann entfernte er sich in Richtung seiner Buchhaltung.

Tajo lehnte sich zurück und befreite als Erstes seine Füße aus Schuhen und Socken.

Darauf schlenderte er langsam über das Außengelände und nahm einen großen Atemzug der frischen Meeresluft. Für ein paar Momente stand er einfach nur da, lauschte dem Ozean, der leise in der Ferne zu hören war, und schloss die Augen.

„Ist sie nicht schön, diese Stille?"

Tajo zuckte zusammen. Unbemerkt hatte sich Garcia genähert und seitlich hinter ihn gestellt.

„Oh, tut mir leid, ich wollte dich nicht erschrecken. Ich liebe die Ruhe hier – mein Gang hat sich dem irgendwann angepasst, das vergesse ich manchmal."

„Schon ok", erwiderte Tajo mit klopfendem Herzen und musterte sein Gegenüber. In der rechten Hand hielt Garcia eine filigrane weiße Tasse, die auf einem ebenso filigranen weißen Untersetzer ruhte. Dann nahm er mit einer mechanischen Bewegung einen Schluck des dampfenden, tiefschwarzen Kaffees.

„Wunderschön", nahm Tajo Garcias Frage wieder auf, während er seinen Blick wieder auf das Meer richtete.

„Es erstaunt mich jedes Mal aufs Neue, was diese Flüssigkeit alles für Formen annehmen kann. Draußen die stürmische See, hier klar und edel wie ein Kristall. Eis, Dampf, Regen, Flüsse, Leben, Tod – ein Element für alles. Das klingt schon fast göttlich, nicht wahr?"

Garcia schloss für einen Moment die Augen und atmete weit aus. Tajo sprach ihm aus der Seele.

„Göttlich, was für ein treffendes Wort. Für mich war es die Rettung. Das Wasser kann dir alles geben, was du brauchst."

„Hast du das große Buch gelesen?", fragte Tajo. Garcia rollte seine Unterlippe etwas hervor und schüttelte uninteressiert den Kopf.

„Ich auch nicht wirklich. Aber einen Satz hab' ich mir gemerkt: *Am Anfang schuf Gott Himmel und Erde. Und die Erde war wüst und leer, und es war finster aus der Tiefe; und der Geist Gottes schwebte auf dem Wasser.*"

Tajo ließ die Worte kurz wirken. Garcia sah ihn fragend an. Dann lächelte Tajo etwas spitzbübisch zurück und sagte: „Da habe ich mich immer gefragt: wo kommt denn plötzlich das Wasser her? War das schon da? Oder soll es da einen Zusammenhang geben mit dem Allmächtigen?"

Garcia ließ seinen Blick in Richtung der Baumwipfel schweifen und antwortete: „Vielleicht auch nur schlecht ausgedrückt."

„Vielleicht …", sagte Tajo und sah ebenfalls zu den Baumwipfeln, auf denen sich gerade ein paar Buntbärtlinge niedergesetzt hatten. Kurz lauschten sie ihrem Gesang und dem Knistern der Palmwedel im Wind.

Dann fragte Tajo: „Was meinst du mit Rettung?"

Garcia blickte ihn prüfend an.

„Hatte ich das gesagt?"

Tajo nickte. Garcia nahm sich ein paar Sekunden, um die richtigen Worte zu finden, entschied sich dann aber für eine knappe Antwort: „Nun ja, meine Liebe zum Wasser hat mir zu diesem Job verholfen, das ist alles."

Als er jedoch Tajos bohrenden und unzufriedenen Blick von der Seite spürte, fuhr er mit einem Seufzer fort:

„Ursprünglich stamme ich aus Kolumbien, weißt du? Doch ich musste fort. Es war nicht leicht, etwas zu finden hier unten. Lange bin ich von Dorf zu Dorf und von Stadt zu Stadt gezogen, ohne Arbeit, ohne Bleibe. Doch eins ist mir stets geblieben: Der Drang nach dem perfekten Wasser – es hat mich immer magisch angezogen. Schon als Kind bin ich den Bächen gefolgt, die durch unser Dorf flossen – nur um ihre Quelle zu finden, an der das Wasser noch unschuldig und rein dem Felsen entspringt."

Er seufzte selig bei dieser Erinnerung und sagte: „Ich habe mir dann beigebracht, das Wasser in eine annähernd reine Form zu bringen."

Tajo heftete seinen Blick unverhohlen skeptisch auf die Eimer mit Salzsäure- und Chlorgranulat. Garcia nahm davon Notiz und sagte mit hochgezogenen Schultern: „Man kann nicht alles haben, ein paar Tricks sind erlaubt."

Tajo nickte und sagte: „Es freut mich, dass du deine Leidenschaft gefunden hast."

Dann hakte Tajo noch einmal nach: „Was war es, das dich aus Kolumbien vertrieben hat?"

Garcias Gesichtszüge verfinsterten sich, bevor er antwortete: „Ähnliches wie dich, nehme ich an."

Tajo sah ihn überrascht an und erwiderte vorsichtig: „Wie …"

Doch Garcia unterbrach ihn: „Ich hatte damals ein Gespür und habe es noch heute."

„Bist du einer von …?"

„Ich bin niemand. Heute bin ich niemand. Ich stelle mich auf keine Seite mehr. Doch ich weiß nicht, Tajo, ob dies ein sicherer Ort für dich ist."

Ein merkwürdiges Gefühl keimte in Tajo auf. Er versuchte Garcias Ton zu deuten, doch es gelang ihm nicht. Etwas in seinem Ausdruck hatte sich gewandelt. Es war, als durchbohrte er ihn mit der Leere seines Blicks. Dann nickte er kurz in Richtung einer der Hütten, die etwas versetzt in zweiter Reihe standen. Tajo erschrak: Unter dem kleinen Vordach standen zwei Stühle, über deren Lehnen jeweils eine braune Parka-Jacke geworfen war. Mit geweiteten Augen sah Tajo Garcia an, sein Herz fing wieder an zu pochen. Betont beherrscht fragte er: „Sind das …?"

„Ich denke, Tajo. Im Prinzip unsere einzigen Gäste, Tajo. Wobei *Gast* vielleicht nicht die treffendste Bezeichnung ist …"

Er spürte Panik in sich aufsteigen. Krampfhaft versuchte er, sich zu beruhigen, indem er ein paarmal tief ein- und ausatmete. Eine Hitze machte sich in seinem unteren Rippenbogen breit. Möglichst beiläufig nahm er ein Kügelchen aus der Schatulle in seiner Jackentasche. Langsam löste sich die Enge in seiner Brust. Dann sagte er: „Ok. Und wo sind sie jetzt?"

„Wer? Ich weiß nicht, das Areal ist groß – wir haben hinten noch ein großes Clubhaus mit einem Billardtisch und Flippern. Vielleicht findest du dort jemanden? Vielleicht weiß auch Edwin mehr, er müsste noch in seinem Büro sein. Geht's dir gut? Du siehst ein wenig blass aus!"

Tajo schwankte.

„Alles ok. Aber ich denke, ich sollte jetzt besser los, danke dir für den Tipp …"

„Nein, ich danke dir, Tajo! Es passiert nicht oft, dass jemand versteht, wie wichtig mir das Wasser ist."

Tajo sah ihn etwas misstrauisch an, hob seine Hand an Garcias Schulter und nickte dann als kurze Verabschiedung. Hastig eilte er zu seinem Fahrrad, schnürte die losen Teile zusammen, hing die Taschen an die Haltestangen und schob sein Rad in die Lobby. Edwin war nicht zu sehen, doch aus einem der angrenzenden Flure hörte er zwei Männerstimmen, die sich unterhielten. Erneut kam Panik in ihm auf. Schnell schnappte er sich Zettel und Stift vom Empfangstresen und notierte darauf eine kurze Nachricht:

Entschuldige, Edwin, ich konnte nicht bleiben. Bis bald!

Dann schob er sein Rad ohne Umschweife zur Türe hinaus, setzte sich in den Sattel und fuhr hastig über den kurzen Schotterweg zurück auf die Hauptstraße. Erst dort spürte er, wie sich sein Puls langsam normalisierte. Einige Mauersegler schrien am Himmel gegen das Weiß der vereinzelten Wolkenfetzen an. Die Luft kribbelte salzig auf seiner Zunge. Auf den ersten Kilometern erwischte Tajo sich immer wieder dabei, wie er kurze panische Blicke über seine Schultern warf. Doch nach und nach fand er zurück zu seinem beruhigend stetigen Tritt.

SIEBEN

Bereits ein paar Minuten waren verstrichen, ohne dass Tajo etwas gesagt hätte. Er hielt seine Augen geschlossen, das Gesicht der Sonne zugewandt, die Stirn in entspannte Falten gelegt. Ich störte ihn nicht und beobachtete derweil das Treiben, das sich an den Sperrholz-Ständen am anderen Ende des Bahnhofplatzes abspielte. Ein paar Touristen vertrieben sich dort die Zeit, indem sie sich traditionelle Kopfbedeckungen aufsetzten, um sich damit in verrenkter Pose zu fotografieren.

Dann, wie durch einen Handstreich erweckt, erhob sich eine verstohlene Brise über den Platz und hauchte den bolivianischen Fahnen links und rechts des Laubengangs, der zum Haupteingang führte, ein wenig müdes Leben ein. Bunte Papierfetzen wirbelten über den Platz und stoben auf der gegenüberliegenden Seite hoch in die Luft. Eine Felsentaube schnappte sich einen roten Streifen davon und landete damit auf dem Dach des Bahnhofsgebäudes einige Meter über uns.

Gleichgültig und schläfrig blickte ich ihr hinterher. Doch dann, kurz bevor mir auch beinahe die Augen zufielen, erweckte einer dieser kleinen fleckigen Straßenköter meine Aufmerksamkeit. Er schlich sich schüchtern an uns heran, beschnüffelte kurz und unaufgeregt mein Fahrrad, setzte sich dann mit ein wenig Abstand vor uns, bellte uns einmal kurz auffordernd an, gähnte und legte seinen Kopf daraufhin erwartungsvoll zur Seite.

Auch Tajo öffnete die Augen und musste beim Anblick der Promenadenmischung grinsen. Er kramte in seiner Jackentasche, warf ihm ein paar trockene Brotkrumen hin, beugte sich nach vorne und klatschte dann zweimal sachte in die Hände, um ihn anzulocken. Doch dem Streuner schien die kleine Mahlzeit gereicht zu haben: Nachdem er das Brot hastig heruntergeschlungen hatte, leckte er sich noch einmal kurz über das Maul, wandte sich ab und trottete weiter seines Weges.

Etwas enttäuscht richtete sich Tajo wieder auf und blickte ihm selig hinterher; der Hund hatte wohl eine Erinnerung in ihm wachgerufen. Mit etwas nachdenklicher Stimme sagte er halb an mich, halb an sich selbst gerichtet: „Dem geht es gut. Ein Tag wie jeder andere, aber dem geht's gut. Was er nun wohl vorhat?"

Er machte eine Pause. Dann fügte er etwas leiser hinzu: „Wir hatten auch mal so einen Streuner, weißt du? Ganz ähnlich wie dieser. Juanita und ich. Er hieß *Dicha*."

Der Hund war nun fast auf der anderen Seite des Platzes angelangt. Tajo kniff die Augen zusammen, sah ihm nach und sagte dann: „Er humpelt ein wenig, findest du nicht? Sein hinteres linkes Bein … Es scheint, als würde er es irgendwie nachziehen müssen."

Auch ich kniff die Augen zusammen, nickte und sagte: „Stimmt. Ja, es scheint so."

Ich wartete ein paar Momente ab und stellte dann die Frage, die sich aufdrängte: „Juanita? Wer war sie?"

Tajo lächelte und blickte unbestimmt zu Boden. Für einen Moment blieb es unklar, ob es ihm unangenehm war, darüber zu sprechen oder ob er sich nur dabei ertappt fühlte, sie bisher unerwähnt zu lassen – jedenfalls begann er jetzt von ihr zu berichten.

Das erste Mal waren sie sich auf dem Markt seines Heimatdorfes Ciego Impala begegnet. Es war einer dieser staubig heißen Sommertage, wie sie eigentlich nur wenige Male im Jahr vorkamen – im Rest des Jahres herrschte zuverlässig eine modrige Schwüle. Diese kurzlebigen Wetterumschwünge machten Tajo immer etwas schläfrig, und so kauerte er mit verschränkten Armen auf einem Schemel hinter einem hoffnungslos windschiefen Verkaufsstand am Rande des kleinen, aber belebten Marktplatzes. Mehr oder weniger freiwillig hatte er diesen Bretterverschlag bezogen, er konnte sich beinahe selbst nicht mehr zusammenreimen, wie er in diese Lage geraten war. Manchmal wunderte er sich über seine Unbedarftheit, *Ja* zu sagen. Über die Folgen seiner Zusagen wurde er sich meist erst bewusst, wenn er sich in einer skurrilen, langweiligen oder nervtötenden Situation wiederfand.

Und so war es auch an diesem Tag, als er mit missmutiger Miene und nur durch eine löchrige Plane vor der prallen Sonne geschützt die Zeit totschlug. Das Ganze hatte er einer Gefälligkeit einem alten Freund gegenüber zu verdanken: Sein Kumpel Antonio, mit dem er als Kind noch das halbe Dorf in einen Fußballplatz verwandelt hatte, war nun Besitzer einer kleinen Orangenplantage etwas außerhalb der Stadt. Er hatte Tajo gebeten, die schlecht verkäuflichen, etwas matschigen Früchte, die noch kistenweise in einem seiner Keller lagerten, an den Mann zu bringen.

„Wieso nicht einfach Saft daraus pressen?", hatte Tajo noch gefragt.

„Ah Saft … mehr Arbeit, weniger Pesos!", war Antonios schneidende Antwort.

„Ich kenn' dich doch, Tajo, du könntest mir auch vor einer Wanderung auf den *Monte Santa Isabel* einen Sack Steine verkaufen! Bitte, tu mir den Gefallen, wir machen Halbe-Halbe!"

Das war zumindest ein guter Ansporn und für kleine Schmeicheleien war Tajo dieser Tage empfänglich. Wirklich etwas Besseres zu tun hatte er ohnehin gerade nicht, also gab er sich geschlagen und willigte ein.

Doch als er sich dann auf dem Marktplatz wiederfand, verlor er zunehmend an Zuversicht. An den Ständen neben ihm waren die feinsten Früchte zu bekommen – an seinem eigenen blickte er mehr auf einen Klumpen als auf eine Auslage. Hinzu kam, dass Hochsaison war und selbst die guten Qualitäten für wenige Pesos ihren Besitzer wechselten. So plätscherte der Tag gemächlich vor sich hin und Tajos einzige Kunden waren ein paar herumtollende Vorschulkinder, denen er aus Langeweile ein paar der noch einigermaßen ansprechend aussehenden Früchte zuwarf.

Doch dann kam Juanita. Sie entdeckte ihn hinter seinem kläglichen Holzkistenstapel, wie er gerade abwesend einen Schwarm vorbeiziehender Vögel beobachtete und verträumt die Melodie von *Volare* durch seine Zähne pfiff. Juanita musste unwillkürlich lachen, als sie ihn sah. Sie näherte sich wie beiläufig seinem Stand und sagte: „Na, das nenne ich mal Geschäftstüchtigkeit. Hier wird noch mit Herzblut verkauft! Und die Auslage! Das reinste Märchen in Orange."

Dabei strich sie etwas abfällig über ein paar der Früchte.

So abrupt aus seinem Tagtraum gerissen, sah Tajo sie nun verdutzt an und stotterte halblaut: „Ähm, ja. Ihnen auch einen guten Tag."

Doch nachdem er sich Juanitas Worte klarer ins Bewusstsein gerufen hatte, fügte er doch etwas beleidigt hinzu: „Die Orangen mögen nicht die hübschesten sein, aber dafür sind sie erfrischend wie ein morgendlicher Sprung ins Meer und süß wie frisch stibitzter Bienenhonig!"

Überrascht von der unerwarteten Schlagfertigkeit musste Juanita noch breiter grinsen und gab zurück: „Soso, na gut, du hast mich beinahe überzeugt. Ich will mal eine probieren. Aber nur die Saftigste und Süßeste!"

„Da kann ich blind in die Kiste greifen. Saftig und süß gehört hier zum Standard!", erwiderte Tajo und griff beherzt in eine der Kisten, ohne dabei seinen Blick von ihr zu wenden. Juanita kostete. Sie hatte eindeutig schon bessere Orangen gegessen, doch schon jetzt hatte sie Gefallen an Tajo gefunden und spielte mit.

„Ich muss sagen …", sagte sie und biss noch ein Stück ab, „Wie ist dein Name?"

„Tajo."

„Soso, Tajo …", sagte sie und steckte sich noch ein Stück in den Mund. Dann fuhr sie kauend fort: „Ich habe schon viele Orangen in meinem Leben gegessen. Aber diese hier: so süß wie die Versuchung und erfrischend wie ein Glas Chicha!"

Daraufhin verspeiste sie den Rest. Mittlerweile waren einige Marktbesucher von den umliegenden Ständen hellhörig geworden und sahen den beiden interessiert zu.

„Oh, sieh dir diese an! Welch eine Farbenpracht, schöner als die Abendsonne!"

Die meisten der Zuschauer durchschauten das Spielchen, doch einige waren sichtlich mitgerissen und kamen näher, um ein paar der Köstlichkeiten zu ergattern. Doch auch die wissend grinsenden kamen dazu, um aus Sympathie den überreifen Zitrusfrüchten eine Chance zu geben.

„Und so leicht zu pellen, der perfekte Reifegrad!", bemerkte Juanita mit lautem Organ, während sie die nächste Frucht aus ihrer Schale befreite. Tajo reichte die Orangen inzwischen tütenweise über die provisorische Theke. Indessen sinnierte Juanita weiter laut über die himmlischen Gerichte, die man daraus zaubern könnte: „Eine Orangentarte mit DIESEN Früchten! Wie viel besser könnte ein Tag werden?"

Es dauerte nicht lange, bis die Auslage beinahe restlos verkauft war. Mit einem ehrlichen Lächeln verabschiedete sich Juanita von Tajo und fragte dann mit plötzlich ernst zusammengezogenen Augenbrauen: „Wie hoch war mein Anteil am Verkauf gleich noch?"

Dieses Mal war Tajo geistesgegenwärtiger und antwortete ohne zu zögern: „Ein Essen deiner Wahl in einem Restaurant meiner Wahl hatten wir ausgehandelt, wenn ich mich recht erinnere."

Juanitas Miene erhellte sich.

„Stimmt, das war es. Dann treffen wir uns Freitag um acht vorne unter dem Torbogen, am Markteingang, einverstanden?"

„Einverstanden, dann bis Freitag!", sagte Tajo, hielt zwei Finger an seine Stirn und salutierte ihr mit lockerer Bewegung zum Abschied zu, fragte sich aber gleich nachdem sich Juanita herumgedreht hatte, welcher Idiot eigentlich einer Frau zum Abschied salutierte. Mit leicht erröteten Wangen und noch immer ungläubig darüber, was da gerade passiert war, blickte er ihr hinterher, bis sie hinter einem Stand mit im Wind wehenden Seidenschals verschwunden war.

Es kam nicht oft vor, dass Tajo sich ab dem ersten Moment für eine Frau begeisterte, doch bei Juanita wusste er sofort: Sie war etwas Besonderes. Er fieberte ihrem Treffen entgegen und malte sich schon jetzt den Abend genau aus.

An besagtem Freitag sollte am Rand der Stadt ein kleines Festival stattfinden, bei dem wie immer ganz *Ciego Impala* auf den Beinen sein würde und meist noch eine Menge Leute aus den umliegenden Dörfern herbeiströmte. Tajo war absolut kein Freund dieser Massenveranstaltungen, solchen Tumulten begegnete er stets mit einem Anflug misanthropischen Argwohns. Doch dieses Mal kam es ihm gelegen und er überlegte, wie er das Fest für ihren gemeinsamen Abend nutzen könnte. Am Tag spielten für gewöhnlich einige lokale Cumbia-Bands und sorgten für folkloristische Tanzmusik. Sobald es in Richtung Abend ging, wurden dann ruhigere Konzerte auf einem der wenigen Pianos des Dorfes gegeben. Das Klavier wurde dazu extra aus der Pfarrei gehievt, um einen seichten Ausklang des Festivals einzuläuten.

Tajo kannte diese Festivals gut, sie fanden jedes Jahr zur gleichen Zeit statt und waren im Ablauf verlässlich gleichbleibend. Eine vielleicht etwas langweilige, doch hübsche

Tradition also. Schon als Junge hatte er für diese Festtage an einem der umliegenden zerklüfteten kleinen Berghänge ein Plateau ausfindig gemacht, von dem er die Musik beinahe so gut hören konnte, als stünde er direkt vor den Instrumenten. Durch die günstige Stellung der Musiker neben mehreren Felswänden wurde der Schall wie durch einen Trichter dorthin verstärkt, sodass man ihnen dort in angenehmer Lautstärke folgen konnte. Und der Ort hatte noch mehr Wunder zu bieten: Ein kristallklarer Bachlauf bahnte sich hier seinen Weg über die nahezu plane Ebene. Dann, einige Meter bevor sich das Wasser über die Kante des Plateaus in die Tiefe fallen ließ, fächerte es sich auf und bildete auf dem felsigen Untergrund eine breite, fast unbewegliche und nur wenige Zentimeter tiefe Spiegelfläche. Es war, als wolle das Wasser noch einmal über die vergrößerte Oberfläche tief durchatmen, bevor es sich in den freien Fall begab. Alles hier strahlte eine allumfassende Ruhe und Lebendigkeit aus – Tajo wusste, wenn es einen Ort gab, an den er Juanita führen wollte, dann war es dieser.

Den bevorstehenden Abend hatte er entgegen seiner Natur mehrere Male in seinem Kopf durchgespielt, versuchte aber dennoch, ihm mit einem erträglichen Minimum an Gelassenheit entgegenzublicken. So gut kannte er Juanita noch nicht – gut möglich, dass alles anders kommen sollte und sie vielleicht doch lieber bei dem Festival bleiben und sein geheimer Ort sie zu Tode langweilen würde, angesichts der Feier, die dort unten stattfand. Das hätte dem Idyll etwas von seinem Zauber geraubt, dachte Tajo für einen Moment. Doch bei dem Gedanken an Juanita wurde dieses Risiko bedeutungslos.

Je näher der Tag rückte, desto mehr wurden diese Zweifel verdrängt durch eine Zuversicht, die ihm viel besser zu Gesicht stand. Als der Abend kam, war er viel zu früh dran und wartete bereits eine Weile an dem Torbogen des Markteingangs gelehnt. Dabei versuchte er so entspannt wie möglich zu wirken – so entspannt, wie es seine Nervosität zuließ. Mit Mühe gelang es ihm, sein wippendes Bein zu beruhigen, das er abgewinkelt an der Ziegelstein-Mauer hielt.

Grundsätzlich machte er sich nicht viel aus Kleidung, doch für solche Anlässe hatte er sich das eine Mal von einem Freund überreden lassen, sich Hemd, Hose und Weste als Dank für Renovierungsarbeiten schneidern zu lassen, statt das vereinbarte Geld anzunehmen. So trug er zu diesem Anlass eine geschneiderte grau-braune Stoffhose, ein graues, enganliegendes Hemd, sowie eine unauffällige dunkelgraue Weste. Kleidung, in der er sich zwar etwas verkleidet, zu seiner Überraschung aber auch selbstbewusster fühlte.

Dann endlich sah er Juanita. Sah sie schon von weitem, wie sie über den Marktplatz schlenderte. Sie trug ein blaues Kleid mit weißem Saum, war nur dezent geschminkt und trug ihr Haar offen. Es hatte an Locken und Glanz noch etwas zugelegt, seit sie sich an seinem kümmerlichen Marktstand getroffen hatten, dessen war er sich sicher. Im Gegensatz zu Tajo schien sie die Ruhe selbst zu sein. Leichtfüßig ging, ja beinahe schwebte sie über den Platz, der bereits von schwärmenden und aufgeregt schnatternden Menschen gefüllt war. Alles um sie herum schien wie atmosphärisches Beiwerk, eine für sie arrangierte Kulisse, um ihren Auftritt zu umspielen.

Ihre mühelose Erscheinung verstärkte Tajos Nervosität um ein Vielfaches, doch nachdem sie sich mit flüchtigen Küssen auf die Wange begrüßt hatten und Juanita die ersten doppeldeutigen Komplimente über Tajos Kleidung ausgesprochen hatte, verflog seine Anspannung wie von selbst.

„Tajo! Sieh an, in diesen Kleidern hättest du mich letzten Mittag nicht gebraucht, um deine matschigen Orangen loszuwerden, darauf wette ich!"

Statt zu antworten, grinste Tajo nur etwas verlegen über beide Wangen, strich seine Weste glatt, nickte dann kurz mit seinem Kopf zur Seite und sagte: „Komm, lass uns gehen!"

Wortlos schlängelten sie sich durch die engen, von gut gelaunten Menschenströmen getränkten Gassen. Tajo führte sie in das Restaurant *La Otra Vista* in der Avenida Grau, welches er zielsicher für diesen Abend ausgesucht hatte. Schon oft war er hier zu Gast gewesen; er kannte das Essen, er kannte den Wein – beides vorzüglich – er kannte den Besitzer, er kannte die Kellner, kurzum: die perfekte Wahl. Das Lokal wurde von Harvey geführt, einem etwas exzentrischen, aber liebenswerten Kauz, der stets in Hawaii-Hemden und akkurat gestutztem halblangen Bart in Erscheinung trat. Das Restaurant war geschmückt mit Bastmatten und silber-grünen Plastikfäden, die an jahreszeitlich verirrtes Lametta erinnerten. Alle Einrichtungsgegenstände hatten stilsicher einen Hang zu beißenden Farbkombinationen. Auf den gelbgrünen Tischdecken leuchteten quietsch-orangefarbene Servietten und tummelte sich weiterer Klimbim, wie türkisblaue Vasen.

Juanita schien das Lokal noch nicht zu kennen, jedenfalls blickte sie sich staunend und sichtlich amüsiert um, als sie den Gastraum betraten. Tajo machte eine kurze Geste, um sie herein zu bitten, als hätte er ein Kaninchen aus einem Hut gezaubert, dann ließen sie sich von dem Kellner zu ihrem Tisch vorne am Fenster lotsen.

Harvey servierte fangfrischen Oktopus und Stampfkartoffeln als Hauptgang. Sehr zu Tajos Freude aß Juanita, als ob sie seit Tagen nichts gegessen hatte, und obwohl beide nicht gerne in ausufernde Redeschwalle verfielen, war es dennoch nie unangenehm still. Schon jetzt verstanden sie sich, ohne darüber nachzudenken, über kleine Regungen im Gesicht oder unterbewusste Körpersprache. Der Kellner spulte unterdessen mal mehr, mal weniger aufdringlich sein Portfolio an

Taschenspielertricks ab: Durch die Luft wirbelnde Weinflaschen und um die Hüfte kreisende Essenstabletts zur Unterhaltung seiner Gäste waren das Mindeste für seine Kellner-Ehre. Juanita war ein äußerst dankbares Publikum: Staunend wie ein Kind verfolgte sie die akrobatischen Einlagen und schrie lachend auf, wenn er so tat, als ob ihm das halb gefüllte Glas, das er auf seinem Kopf balancierte, auf ihren Tisch entgleiten würde.

Nachdem sie das Menü mit etwas hochprozentigem Pisco abgerundet hatten, zogen sie satt und angeheitert los in Richtung des Dorfrands, wo das Festival bereits in vollem Gange war.

Auf der Bühne wirbelten in knallige Farben gehüllte Cumbia Bands, zu denen die Menge mit in die Luft gestreckten Hüten und Blumen tanzte. Für einige Zeit ließen sie sich einfangen von der Energie, die die Musiker durch ihre Stimmen und Instrumente freisetzten. Doch schon bald suchten sie sich auf einer Wiese am Rand der Manege ein freies Plätzchen, um den Trubel von dort zu beobachten. Als die Menschenmenge mehr und mehr anwuchs und die ersten etwas angetrunkenen Besucher in ihre Richtung stolperten, deutete Tajo Juanitas skeptische Blicke und schlug mit einem entschiedenen Kopfnicken vor, einen anderen Ort aufzusuchen. Die Musik war mittlerweile so laut, dass die Verständigung ohnehin etwas ins Stolpern geraten und nur noch mit Händen und Füßen möglich war. Juanita war einverstanden und so führte er sie zu seinem Plateau, oben auf dem Hügel.

Die Nacht war kristallklar, der Mond war zur Hälfte erhellt und kurz über dem Horizont leuchtete die Venus strahlend weiß, wie ein Schönheitsfleck, der als letztes Detail geradezu perfektionistisch das makellose Firmament vollendete. Die Musik des Festivals klang unaufdringlich zu ihnen hinauf. Traditionsgetreu waren nun weiche Harmonien und zerbrechliche Melodien zu hören, getragen von einem weiterhin zum Tanz auffordernden Rhythmus. Eine Weile saßen sie am Rand der Ebene, lauschten der Musik und tauschten sich über die hässlichsten, aber liebenswertesten Vogelarten aus, die sie kannten. Mit der Moschusente fanden sie schließlich einen gemeinsamen Nenner.

In einer Gesprächspause fand Tajo nach einer ersten zaghaften Berührung Juanitas Hand, schaute sie spitzbübisch an und sagte: „Komm, ich will dir noch etwas zeigen."

Er stand auf und zog sie mit beiden Händen zu sich hinauf. In einer kaum wahrnehmbaren Bewegung glitt er aus seinen Schuhen, kickte sie gekonnt auf einen kleinen Felsbrocken und stand nun barfuß auf dem moosigen Grund. Juanita tat es ihm gleich, nur verfehlte sie, sehr zu Tajos Belustigung, den Felsen um gute zwei Meter. Doch noch bevor sie dem Schuh hinterhereilen konnte, um einen zweiten Versuch zu unternehmen, nahm Tajo sie wieder bei der Hand und führte sie zu der Stelle, an der der Bach sich zu einer breiten Fläche auffächerte. Durch das langsam fließende Wasser gab es kaum Verwirbelungen auf der Oberfläche, sodass sich die Sterne des klaren Nachthimmels ungetrübt auf ihr spiegelten. Es war, als ob sich der Himmel noch einmal zu ihren Füßen befand, nur viel näher, beinahe greifbar. Juanita wagte kaum einen Schritt vor den nächsten zu setzen, so begeistert war sie von dem Anblick.

Für diesen Augenblick war es, als wären sie der Mittelpunkt des Universums – genau dort fingen sie an zu tanzen und mit ihnen die Wasseroberfläche, auf der das Licht der Milchstraße zu schwingen begann. Sie tanzten zwischen Milliarden Sonnen, während das Wasser, in dem sich alles spiegelte, in die Tiefe floss. Alles wurde eins. Nichts würde sie je trennen können, dessen war sich Tajo in diesem Moment sicher. Plötzlich passte alles zusammen, es war, als ob Zeit und Raum nur existierten, um auf diesen Moment zuzusteuern.

Er fühlte sein Herz klopfen. Nein, er fühlte es nicht nur, er konnte es hören – laut und deutlich, als ob es Besitz über seinen ganzen Körper genommen hätte. Er dachte an die Floskeln, in denen das Herzklopfen so oft verwendet wurde – doch es war viel mehr, es war, als ob in diesem Moment das Herzklopfen alles war, was er zum Leben benötigte. Dieses Pochen, das einzig und alleine Juanita galt.

Es war, als ob die Zeit stillstünde, es gab nur noch sie beide, die Musik, die sie umgab, das kühle Wasser, das ihre Füße umspielte, und diesen frischen, moosigen Geruch in der Luft.

Irgendwann legte Juanita ihren Handrücken auf Tajos Brustkorb und, nachdem sie sich eine Weile so zur Musik bewegt hatten, sagte sie mit langsamen, bedachten Worten: „Dein Herz", sie machte eine Pause, wie um sich noch einmal zu vergewissern und sagte dann mit leisem Kichern: „Es springt mir gleich entgegen!"

A C H T

Ein Schatten lag seit einigen Minuten auf dem Bahnhofsvorplatz. Es war zwar nur eine kleine Wolke am Himmel, die aber behäbig und standhaft zwischen uns und der Sonne verharrte. Tajo war kurz aufgestanden, um seine starren Glieder zu dehnen und ging bedächtig ein paar Schritte auf und ab.

In der letzten Stunde hatten sich nach und nach einige Kinder bei uns versammelt. Angezogen von unseren vollgepackten Fahrrädern hatten sie sich zunächst staunend genähert und dann, als sie hörten, wie Tajo erzählte, andächtig in einem Halbkreis auf der warmen Asphaltfläche vor uns Platz genommen. Die Kinder gehörten einer Schulklasse an, die mit dem Zug einen Ausflug zum nahegelegenen Eisenbahnmuseum unternommen hatte, wie sie uns später stolz berichteten.

Es war kurz still geworden, nur die monotonen Stimmen der Verkäufer am anderen Ende des Platzes drangen zu uns herüber. Endlich hatte sich die kleine Wolke an der Sonne vorbeigeschoben; zufrieden schloss ich meine Augen und ließ mir das Gesicht von der Sonne wärmen. An die bohrenden Blicke der Kinder hatten wir uns schon gewöhnt, für diesen Moment konnte ich sie ignorieren. In die entstandene Pause hinein fragte dann jedoch eines der Mädchen zögerlich und mit leiser Stimme: „Was ist das, eine letzte Reise?"

Tajo hatte die Anwesenheit der Klasse, die bisher nur stumm zugehört hatte, wohl ebenso beinahe vergessen und blickte kurz überrascht auf, setzte dann aber ein schmales Lächeln auf, sah sie ernsthaft an und sagte: „Na ja. Vielleicht kannst du dich noch an deine erste Reise erinnern, die du gemacht hast?"

Das Mädchen begann zu strahlen.

„Oh ja, ich bin mit meinen Eltern in die Berge gefahren, dort gab es eine Gondel und schneeweiße Berggipfel! Es war alles so anders, als hätte jemand zu gründlich geputzt und alles in einem ganz reinen Weiß hinterlassen. Wir sind den ganzen Tag die Hänge heruntergerutscht, wir waren plötzlich so leicht …"

„Das klingt ja fantastisch!", fiel Tajo ihr ins Wort.

„Und siehst du, so wie es immer eine erste Reise gibt, muss es auch immer eine letzte Reise geben. Die meisten Leute wissen es nur vorher nicht – ich aber schon, das hat Vorteile!"

Das Mädchen sah Tajo ungläubig an und antwortete: „Aber wenn ich wüsste, dass dies meine letzte Reise wäre, dann wäre ich ganz schön traurig. Dann wüsste ich, ich werde nie wieder das Pfeifen des Zuges hören, der in den Bahnhof gefahren kommt und wüsste, dass ich nie wieder so ein Kribbeln im Bauch spüren würde, wenn ich in den Zug steige und es so merkwürdig riecht. Nach den Maschinen und der Kohle."

Tajo zögerte.

„Da gebe ich dir recht. Doch bei mir kommt noch eine andere Sache hinzu: Immer, wenn ich etwas zum letzten Mal tue, genieße ich es vollkommen. Ich bin dann immer ganz wach und klar im Kopf, ich bin ganz da."

Er zögerte erneut, hob ein Steinchen vom Boden und ließ es zwischen seinen Fingern kreisen. Dann sagte er: „Jetzt wirst du vielleicht sagen, wenn du mit diesem Kribbeln im Bauch in den Zug steigst, bist du auch immer ganz bewusst bei der Sache. Aber ich habe dieses Kribbeln im Bauch jetzt nicht mehr nur noch bei so aufregenden Sachen, wie in einen Zug zu steigen, der mich weit wegbringt, sondern auch bei kleinen Sachen, wie dem Pflücken einer Mohnblume in meinem Lieblingsgarten meines Heimatdorfes. Oder dem Anblick der Gebirgskette mit dem einen Berg, der aussieht wie eine geschmolzene Kugel Limonen-Eis, die man vom Strand des Dorfes aus sehen kann, wenn man seinen Kopf nur hoch genug streckt, um über die Palmen hinweg zu schauen."

Er hielt inne und sah mit einem zufriedenen Lächeln über die Häuser hinter dem Bahnhofplatz hinweg in eine unbestimmte Ferne.

Das Mädchen und die restlichen Kinder der Klasse guckten ihn nachdenklich, aber auch etwas skeptisch an, und nach einer Weile rief plötzlich einer der Jungs: „Ich habe auch immer so ein Kribbeln im Bauch, wenn die Schulglocke das letzte Mal vor den Ferien läutet!"

Die Kinder lachten fast schon etwas befreit.

„Das ist ähnlich, das stimmt …", gab Tajo mit gespielter Ernsthaftigkeit zurück. Die Lehrerin, die sich die ganze Zeit in Sichtweite aufgehalten hatte und mit einem älteren Herrn in ein Gespräch vertieft gewesen war, kam nun herbei und rief die Klasse zusammen, um die Kinder nach Hause zu bringen.

Tajos Geschichte schien sie wirklich fasziniert zu haben, so lange, wie sie so aufmerksam zugehört hatten. Umso ausgelassener und vergnügter liefen sie jetzt aber über den Bahnhofplatz davon, winkten uns im Laufen zu und wünschten Tajo und mir eine gute Weiterreise. Aber einer der Jungen, der die ganze Zeit still in zweiter Reihe des Kreises gesessen hatte, stand nur langsam und zögerlich auf. Er war etwas kleiner als die anderen in seiner Klasse, hatte ein rundes Gesicht, trug ein gestreiftes T-Shirt und hatte etwas wuscheliges Haar, das ihm bis zu den Ohren ging. Er war heimlich zu Tajo geschlichen – ich bemerkte ihn erst, als er dicht bei ihm stand. Der Junge drückte Tajo etwas in die Hand – ich konnte nicht erkennen, was es war – und sagte leise und wegen einer großen Zahnlücke zwischen den Schneidezähnen etwas lispelnd: „Für deinen Sohn."

Dann drehte er sich abrupt um und lief zu den anderen Kindern. Als er sie eingeholt hatte, sah er sich noch einmal nach uns um, grinste über beide Wangen und winkte uns erneut überschwänglich mit weit erhobenen Armen zu. Ich sah Tajo an, der strahlte geheimniskrämerisch zurück und sagte: „Ein toller Bursche."

Auffordernd blickte ich erst in Richtung der Tasche, in der er das Geschenk verstaut hatte, und dann wieder zu ihm.

Aber Tajo wiederholte nur mit leuchtenden Augen: „Ein toller Bursche."

Ich sah ein, dass er mich nicht einweihen würde und fragte nicht weiter nach.

NEUN

Cerro Azul District, Peru

Am Morgen eines kühlen Septembertags war Tajo an der nicht enden wollenden Steilküste im Süden Perus auf der Panamericana unterwegs. Links von ihm lag der nahezu senkrechte Abhang zum Meer, rechts die majestätische Pracht der Anden. Beseelt vom Rauschen des Meeres, radelte er hier von früh bis spät, gedankenverloren und ehrfürchtig zwischen den Naturgewalten, bis die Sonne sich bei Anbruch des Abends gemächlich ihren Weg in Richtung Pazifik suchte. Selbst die dröhnenden Trucks, die hin und wieder an ihm vorbeirauschten, brachten ihn nicht aus der Ruhe. Rechts der Straße sprenkelten vereinzelte kleine Steinhütten die Felder. Sie schienen unbewohnt zu sein, all die Stunden sah Tajo dort keine Menschenseele.

Kurz bevor die Sonne den Horizont erreichte, schien sie noch einmal innezuhalten: wie festgepinnt verharrte sie dort und tauchte den Weg gefühlte Stunden in ein mattes orangefarbenes Licht. Als es dann schließlich doch noch dunkel zu werden drohte, kehrte er in ein kolumbianisches Restaurant am Rand der Straße ein, in der Hoffnung, dort die Nacht verbringen zu können.

Das Gebäude war nur schwach beleuchtet, er war sich zunächst nicht sicher, ob das Restaurant überhaupt geöffnet hatte. Er stellte sein Rad auf den Schotterplatz und betrat vorsichtig den Gastraum. Im Dämmerlicht sah er darin, dass sowohl das Dach als auch die sporadische Wandkonstruktion des Hauses aus Wellblechen bestanden, die an Holzpfosten befestigt waren. Das Ganze war eher ein Unterstand als ein massives Haus. Dennoch fühlte sich Tajo hier sofort wohl – der Raum hatte trotz seiner Kargheit etwas Heimeliges. Im hinteren Bereich gab es zudem noch einen Teil mit geschlossenen Wänden, in denen vermutlich die Betreiber samt Familie und Anhang wohnten.

Seine Schuhe hatte Tajo bei seinem Rad gelassen. Mit seinen nackten Füßen fühlte er die ebenso nackte grobporige Betonoberfläche auf dem Fußboden. Es fühlte sich gut an, kalt und rau und trotzdem lebendig. In der feuchten Luft lag eine leichte Note von frittiertem Fisch und frisch aufgebrühtem Kaffee.

Hinter einer mit Bambus verzierten Theke entdeckte er die Gastgeber, die in eine lebhafte Diskussion vertieft waren. Sie hatten ihn noch nicht bemerkt, und er wollte sie nicht stören, denn wenn seine Landsleute in eine Diskussion vertieft waren, tat man besser daran, sie nicht zu unterbrechen. Also trat er noch einmal vor die Tür ins Freie. Es dämmerte mittlerweile, das Gelände lag im Schatten, der hellbraune, kantige Sand vor der Tür war eisig kalt. Tajo fand es immer wieder bemerkenswert, wie lange ein massiver Fels die Wärme des Tages speichern konnte, und wie schnell ein Meer feiner Sandkörnchen zu einer eisigen Masse wurde, sobald die Sonne abgetaucht war.

Neben dem Gebäude lag ein kleiner Bereich, der durch einen Zaun abgetrennt war. Dort stolzierten gackernde Hühner mit zackigen Bewegungen umher und pickten nach Körnern und Würmern. Bestimmt würden sie früher oder später in der Pfanne des Küchenchefs landen, dachte Tajo.

Er blinzelte in den verbleibenden Sonnenspalt, atmete tief ein, wippte dann einige Male zwischen Ferse und Zehenspitze hin und her und wandte sich dann durch eine Drehung auf der Ferse wieder in Richtung Eingang. Die hitzige Debatte hinter der Theke hatte an Fahrt verloren und Tajo wurde nun lebhaft begrüßt, als er erneut durch die Tür trat.

In dem Raum fand offenbar das komplette Leben der Familie statt, er brachte Restaurant, Küche, Wohnzimmer und Büro an einem Ort zusammen. Obwohl alles irgendwie improvisiert und eher wie eine Übergangskonstruktion aussah, gingen hier alle organisiert und selbstverständlich ihrem Alltag nach. Die Kinder machten ihre Hausaufgaben an den groben, unbehandelten Holztischen, der älteste Sohn des Besitzers durchstöberte in einer Ecke des Raumes im Kerzenschein alte Rechnungen, eine der Töchter beschrieb eine große Tafel mit den Angeboten des Folgetages, und die Frau des Wirts wuselte durch Bar und Küche, während Antonio, der Wirt, mit seinem Bruder die Gastgeberrolle übernahm. Er wirkte äußerlich wie der Prototyp eines Patriarchen, etwas untersetzt, dabei nicht allzu groß, mit vor Selbstbewusstsein strotzendem Blick auf dem leicht gestoppelten Gesicht. Das schwarze kurze Haar war das gebändigte Chaos.

Tajo setzte sich auf einen der Schemel an der Bar und bestellte das Gericht des Tages, sowie ein kolumbianisches Bier. Antonio rief kurz die Bestellung in die Küche, holte zwei Flaschen aus einem knurrenden Kühlschrank an der Seite der Theke und fragte unverhohlen: „Nun, sag schon, ist das nicht das prächtigste Restaurant weit und breit?"

Er öffnete die beiden grünen, dünnhalsigen Flaschen an einem an der Theke montierten Öffner, der die Form eines Totenkopfes mit Zylinder und geöffnetem Schlund hatte. Dann ergänzte er: „Zugegeben, ist nicht allzu schwer in dieser Gegend. Doch was soll ich sagen? Besser einäugig als blind!"

Er lachte kurz und herzhaft, und sie stießen an.

„Doch wirklich, ein schönes Fleckchen und ein guter Vorgeschmack auf Kolumbien. Ich bin schon lange fort von dort. Eine Hilfe gegen das Heimweh ist dieser Ort jedenfalls nicht", sagte Tajo.

Antonio und Miguel strahlten ihn an.

„Nicht wahr? Keine Luft schmeckt besser als die kolumbianische! Leider mussten wir das Land für eine Weile hinter uns lassen."

Antonio sah Tajo mit vielsagendem Blick an. Der nickte und legte die Stirn in Falten. Für einen Moment herrschte betretenes Schweigen, dann durchbrach ein laut hupender Truck die Stille.

„An Kundschaft mangelt es jedenfalls nicht", sagte Antonio und blickte durch die offene Türe hinaus zur Straße.

„Apropos Kundschaft", sagte Tajo. „Was hat es mit den ganzen kleinen Steinhütten neben der Straße auf sich? Seit zig Kilometern fahre ich schon an ihnen vorbei, doch keine dieser Hütten scheint bewohnt zu sein, stimmt das? Wo sind die Menschen?"

Antonio nickte und sagte: „Alle ausgeflogen. Rabotti in den Fabriken weiter hinten bei den größeren Städten. Ein trauriges Spiel. Die ganze Siedlung pilgert tagtäglich in diese rauchspeienden Kathedralen, und zurück bleibt eine Geisterstadt. Aber die Leute haben keine Wahl, sie schicken das Geld an ihre Familien. Dort, wo sie herkommen, gibt es keine Arbeit mehr. Das ist doch verrückt: Wenn die Welt zu einem Dorf wird, verliert ein echtes Dorf seine Berechtigung. Den Schmied von nebenan brauchen wir nicht mehr, die Fabrik in Fernost kann's billiger. Und wer profitiert davon? Ein kleines Restaurant am Rand der Panamericana, auf der der ganze Krempel über den Kontinent bugsiert wird. Und in jedem Truck sitzt ein hungriger Trucker, der nach einem feinen kolumbianischen Steak lechzt. Also, was soll ich sagen? Wir leben ihn, den Panamerikanischen Traum!"

Antonio blickte Tajo mit einem fast schon hysterischen Grinsen in die Augen. Der wusste nicht, was er sagen sollte. Er wollte gerade zu einer Antwort ansetzen, doch Antonio kam ihm zuvor: „Willst du auch einen Schnaps? Ich werde langsam durstig von dem ganzen Gefasel."

Er fischte ein paar Pinnchen unter der Theke hervor und stellte sie fein säuberlich und mit trotziger Miene auf den Tresen.

„Sicher, Antonio, ich bin auch durstig", sagte Tajo mit knappem Nicken.

Sie blieben nicht lange allein. Antonios Bruder und seine älteren Söhne gesellten sich zu ihnen, als er die Gläser gerade zum dritten Mal füllen wollte. Mit ihrem ansteckenden Lachen und kleinen Taschenspielertricks vertrieben sie seine schlechte Laune im Handumdrehen. Spätestens nachdem Enoc, sein ältester Sohn, seine silberne Taschenuhr hinter Tajos Ohr hervorzauberte, brach er in schallendes Gelächter aus. Wahrscheinlich hatte er diesen Trick schon dutzende Male gesehen, doch seine Jungs wussten nur zu gut, wie sie ihn aufheitern konnten. Antonio hatte Tränen in den Augen, und Tajo begriff, was seine Familie ihm bedeuten musste. Verzaubert vom Glück dieser Truppe vergaß Tajo für ein paar Stunden, was war und was kommen sollte, und nach langer Zeit fühlte er sich endlich wieder einmal angekommen.

Eine Weile später begleitete er sie auf eine Zigarettenlänge vor die Tür. Antonio und er hatten sich etwas abseits der anderen an eine kippelige Bretterwand gelehnt und bewunderten eine Weile den funkelnden Sternenhimmel, der sich ihnen in seiner vollen Pracht präsentierte, denn hier draußen gab es nur wenig störendes Licht.

Ein paar Sternschnuppen später nahm Antonio einen tiefen Zug seiner Selbstgedrehten und sagte mit etwas dünner Stimme: „Sag's mir, Tajo, nun mal ehrlich, wie fühlt es sich an hier bei uns, was sagst du zu unserer Hütte?"

Tajo hatte mittlerweile ein Gespür für ihn und wusste, dass er auf etwas hinauswollte. Also antwortete er nach kurzem

Zögern: „Meine Meinung hat sich nicht geändert, ein feines Plätzchen habt ihr hier. Man merkt, dass hier ein kolumbianischer Wind weht, fast wie zu Hause. Doch das war nicht, was du meintest, oder?"

Antonio lächelte, er hatte Tajo nicht überschätzt.

„Das stimmt."

Er drückte seine Zigarette an einem bereits vielfach gebrandmarkten hölzernen Pfeiler des Vordaches aus.

„Hör zu, du denkst bestimmt, ich wäre irre, aber manchmal habe ich das Gefühl, auf der Hütte hier liegt ein Fluch. Ich kann dir nicht genau sagen, was es ist. Weißt du, wir sind wirklich schon eine Weile hier, es sollte sich mittlerweile anfühlen wie zu Hause und, Gott, ich hoffe für die anderen tut es das. Doch trotz all der Jahre, die vergangen sind, fühlt es sich noch immer mehr an wie eine Zwischenstation. Als wären wir noch immer auf dem Weg zu dem Ort, der zu Hause ist."

Er machte eine Pause und zertrat den Zigarettenstummel auf dem Boden in seine Einzelteile.

„Auch wenn ich nicht glaube, dass es am Ende ein wirklicher Ort sein muss, würde der einfache Gedanke reichen, so dachte ich zumindest bisher. Mir scheint es, als ginge es dir ähnlich?"

Tajo nickte stumm, Antonio fuhr fort: „Weißt du, in den Augen meiner Frau, so sieht für mich zu Hause aus. Da ist so eine Klarheit, der ich überall hin folgen würde. Doch seit wir Kolumbien verlassen haben, entdecke ich immer wieder so einen matten Schimmer in ihrem Blick, der all dem hier einen faden Beigeschmack beimischt. Ich weiß, woher er kommt. Wir reden nicht mehr häufig darüber, denn es führt zu nichts. Vieles mussten wir zurücklassen, damals. Vieles, das sie für sich vermisst."

Ein laut knatternder Truck fuhr an ihnen vorbei. Antonio sah ihm verächtlich hinterher.

„Ich weiß, was du meinst", sagte Tajo. „Egal, wie kurz oder lang man an einem Ort war, du schlägst Wurzeln, die bleiben. Die verbrachte Zeit dort spielt keine Rolle, sondern immer nur die Menschen, der Raum und der Glanz, der in allem steckt. Und egal, wie weit man reist, irgendwann fangen sie dich wieder ein, denn sie waren nie fort. Also ist alles, was du tun kannst, dich mit ihnen zu arrangieren, denn letztendlich sind sie du und ohne sie wärst du nicht du selbst."

Antonio sah ihn kurz nachdenklich an, blickte dann wieder hoch in den Himmel und sagte: „Bist wohl Philosoph, was?"

Dann fing er endlich wieder lauthals an zu lachen, umschlang ihn mit seinem wuchtigen Arm und drückte ihn fest an sich, wie einen alten Freund. Ein kurzer, aber kalter Windstoß blies eine hauchdünne wellenförmige Wolke feinen Sands dicht über den Boden, die Tajo, immer noch barfuß, erschauern ließ.

Einen Moment später hörte Tajo das unverwechselbare Knirschen bepackter Fahrräder im Splitt. Im nächsten Augenblick kamen dann tatsächlich zwei mit Taschen und Gepäck behangene Fahrräder aus dem Halbdunkeln der Straße vorgefahren. Zwei Jungs saßen darauf, sie schienen jung, vielleicht Mitte zwanzig und steuerten grinsend auf sie zu. Als Tajo sie näherkommen sah, schwand schlagartig das Blut aus seinem Gesicht. Die beiden machten vor ihnen Halt und setzten zu einer Begrüßung an, doch Tajo kam ihnen zuvor und stammelte: „Deine Jacke. Sie … woher hast du sie?"

Das Grinsen wich aus ihren Gesichtern, sie hatten sich wohl einen anderen Empfang erhofft.

„Woher hast du sie?", wiederholte Tajo nun energischer.

Der kleinere von beiden trug diese braune Parka-Jacke. Er war schmächtig, die Jacke saß nicht besonders gut, die Ärmel waren ein paar Mal umgekrempelt. Verwirrt sah der Junge an

sich hinab, dann antwortete er: „Was? Ok, ja, also die Jacke …
ziemlich schick, nicht wahr?"

Tajo sah ihn weiterhin entgeistert an. Antonio beobachtete
die Szene schweigend, mit einem Funken Misstrauen in den
Augen. Der Junge merkte, dass er sich wohl doch noch weiter
erklären musste, um die Situation zu entschärfen, auch wenn
er nicht verstand, worin das Problem lag. Also fügte er nun
etwas kleinlauter hinzu: „Gab es bei einem Markt bei uns. Fast
geschenkt! Etwas altmodisch, ich weiß, aber mir gefällt sie.
Hält auch schön warm und so. Was ist mit ihr?"

Antonio sah Tajo forschend an, der starrte immer noch ungläubig auf die Jacke des Jungen. Doch er musste Antonios
Blick gespürt haben und wandte sich ihm zu. Der sagte nichts,
beäugte ihn jedoch jetzt beinahe mitleidig. Tajo verspürte einen Drang sich zu erklären, sich zu rechtfertigen. Die Jungs sahen mittlerweile wirklich bedröppelt aus; sie hatten einen harten Tag hinter sich, das sah man ihnen an. Antonio nickte mit
seinem Kopf kurz zur Seite, ohne den Blickkontakt zu Tajo zu
unterbrechen und sagte dann: „Kommt rein, Jungs. Ihr seht
aus, als könntet ihr etwas zu essen vertragen."

Man konnte ihre Erleichterung förmlich spüren.

Die beiden hießen Sancho und Pedro und waren auf ihren
dürftig zusammengeschusterten Mountainbikes unterwegs.
Im Kerzen- und Neonlicht des Innenraums sah Tajo sich die
Vehikel genauer an. Die Räder hatten in ihrem Leben als
Drahtesel sichtlich schon einige Kilometer hinter sich gebracht.
Die Fahrradtaschen bestanden aus vier alten milchigen Was-
serkanistern, die akribisch an die Vordergabel und den Gepäckträger vertäut waren. Aus einem der Rucksäcke, die auf
dem Gepäckträger befestigt waren, ragten einige Abwasser-
rohre in verschiedenen Längen und Durchmessern hinaus.

Tajo hatte sein Misstrauen mittlerweile beiseitegeschoben.
Er hatte sich an einen der Tische zurückgezogen und

beobachtete das famose Duo nun etwas unaufgeregter. Vor ihm stand ein dampfender Teller Suppe; in sanften Bewegungen ließ er seine rechte Hand darüber kreisen, um seine Finger von den chaotisch aufsteigenden Dampfschwaden wärmen zu lassen. Er blickte wieder auf: Antonio war in der Küche verschwunden, um den beiden eine Kleinigkeit zuzubereiten. Sancho und Pedro saßen erwartungsvoll und etwas verschämt an einem der rustikalen Holztische. Irgendwie versprühten die beiden eine positive Energie, der man sich schwer entziehen konnte. Und was hatte es mit diesen PVC-Rohren auf sich?

Als Antonio mit befleckter Kochschürze und zwei dampfenden Tellern Bohnen mit Reis aus der Küche kam, ging auch Tajo herüber, um ihnen Gesellschaft zu leisten. Sie blickten ihn erst etwas beklommen an, als er sich an ihren Tisch setzte, doch als sie merkten, dass seine Laune sich offenbar zum Guten gewandt hatte, legte sich ihre Verunsicherung. Die Parka-Jacke hatte Pedro vorsorglich in einer seiner Radtaschen verstaut und erwähnte sie für den Rest des Abends nicht mehr.

Tajo setzte sich auf einen Schemel und sagte: „Buenas Tardes, ich denke, wir beginnen nochmal von vorn – entschuldigt mich. Vorhin, es ist nur … Na, nicht so wichtig. Wohin soll eure Reise gehen?"

„Argentinien, mein Freund", antwortete Sancho nun beinahe überschwänglich. „Wir gleiten geradeaus die Küste herunter, immer Richtung Feuerland!"

Während er sprach, strahlte er über das ganze Gesicht und formte mit seiner rechten Hand einen dahinschwebenden Vogel.

„Feuerland! Respekt, ein weiter Weg, aber ein guter Plan. Ich komme gerade aus der Richtung", sagte Tajo.

„Echt wahr? Wir waren noch nie dort. Zuerst ließen wir uns nur etwas treiben. Aber irgendetwas zog uns immer weiter in den Süden. Und je mehr Leute wir trafen, desto mehr wurde uns von dort unten vorgeschwärmt. Es muss die pure Schönheit sein."

Nach kurzem Zögern antwortete Tajo: „Ja, pur trifft es gut. Und Schönheit noch viel mehr. Aber vor allem solltet ihr euch warm anziehen. Wollt ihr gar nichts essen?"

Sie hatten sich aus Respekt vor Tajo bisher wohl nicht getraut, mit dem Essen zu beginnen. Wie auf Kommando schoss daher gleichzeitig ein „Oh doch!" aus beiden Mündern.

Sie griffen zu den Löffeln und schaufelten los, als ob sie seit Wochen nichts Vernünftiges mehr gegessen hätten.

Nach ein paar Minuten kam Antonio mit einem Tablett voll dampfender kleiner Kaffeetassen zu ihnen.

„Wollt ihr auch einen?"

Sancho und Pedro sahen nur flüchtig von ihren Tellern auf und nickten grinsend.

„Sehr gerne, danke!", brachte Sancho noch zwischen zwei Bissen hervor. Antonio verteilte die Tassen auf dem Tisch. Auf der rohen, unebenen Tischplatte standen sie alle etwas schräg.

„Ok, nun erzählt mal, was hat es mit den Röhren auf sich, die da aus euren Radtaschen ragen?", fragte Tajo.

Pedro blickte sich rasch zu ihren Rädern um und antwortete dann sichtlich erfreut über diese Frage: „Die *Röhren* sind etwas mehr als das: Sie sind sozusagen die Verlängerung unserer Kreativität! Und das zeigen wir den Leuten unterwegs. Wollt ihr auch mal sehen?"

Tajo und Antonio sahen sie auffordernd an.

„Natürlich, legt mal los!"

Sancho ließ sich nicht lange bitten. Er zog die Rohre aus dem Rucksack und steckte sie in eine Halterung, die sie offenbar speziell dafür zusammengezimmert hatten. Pedro klaubte derweil ein paar Töpfe zusammen und baute sie neben dem Gebilde von Sancho auf. Die Rohre nahmen eine orgelpfeifenartige Anordnung an. Jetzt fiel bei Tajo der Groschen und er sagte: „Ah, ihr macht Musik! Jetzt bin ich gespannt."

Stolz zog Sancho seine Flip-Flops aus, nahm einen in jede Hand und positionierte sich mit ernster Miene hinter seinem Instrument. Pedro hatte einige der Töpfe und Schalen vor sich drapiert und nickte seinem Kumpel gewissenhaft zu. Sancho machte ein paar Klangtests, indem er mit seinen Flip-Flops auf die oberen Öffnungen der Röhren schlug. Es klang so, wie es klingen musste: nach Plastikröhre. Als Rohr-Ensemble konnte es aber durchaus als Instrument durchgehen. Sie legten los und spielten: *Bruder Jakob*, den internationalen Evergreen. Alle saßen gespannt im Kreis um die beiden Jungs herum und ließen sich von der Begeisterung des Duos anstecken. Der Rhythmus mal daneben, hier und da flog ein Flip-Flop durch den Raum, aber die beiden waren so voller Hingabe dabei, dass Tajo und die ganze kolumbianische Familie bald mitträllerten und applaudierten, als hätte Hendrix gerade sein finales Gitarrensolo abgeliefert. Leider war ihr Repertoire etwas begrenzt und es konnte als Zugabe nur noch einmal *Bruder Jakob* gespielt werden.

Doch nun kam auch Vinicius hinzu, einer der Söhne Antonios, der bis jetzt an einem Tisch in der hinteren Ecke des Raums über Rechnungen gebrütet hatte. Unter einer der Theken zog er einen schwarzen Koffer hervor und platzierte ihn behutsam auf einem der Tische. Der Lederbezug des Koffers war rissig und abgenutzt und ließ auf ein geradezu antikes Alter des Kastens schließen. Die goldgelbe Trompete, die er daraus hervorzauberte, passte gut zu diesem Eindruck: Der ursprüngliche Glanz, der an manchen Stellen noch durchschimmerte, war einem matten Gelb gewichen. Rost- und Grünspan-Flecken überzogen das Instrument. Doch schon nach den ersten Tönen, die Vinicius der Trompete entlockte, konnte man den unwiderstehlichen Charakter des Instruments hören, der Tajo eine Gänsehaut bereitete. Vinicius spielte einen Bossa-Nova, zu dem Sancho und Pedro so gut es ging einstiegen. Die Kinder tanzten aufgedreht zu der Musik und trommelten auf allem, was sie finden konnten oder klatschten sich gegenseitig in die Hände. Antonio schnappte sich seine Frau, und zusammen fegten sie quer durch den Raum. Irgendwann fand auch Tajo sich inmitten des Geschehens wieder und tanzte Hand in Hand mit den Kindern im Kreis um Vinicius und seine neue Percussion-Fraktion. An diesem Abend war alles vergessen, was Tajo sonst umtrieb oder lähmte. Ausgelassen feierten und tanzten sie, bis ihnen trotz der kühlen Temperaturen der Schweiß auf der Stirn stand.

Erst als plötzlich der Strom ausfiel und der Raum nur noch von goldgelb flackerndem Kerzenschein beleuchtet war, befanden Antonio und seine Frau, dass die Kinder nun doch langsam ins Bett müssten, und beendeten deshalb den Tanz. Auch Tajo, Sancho und Pedro bemerkten jetzt die Spuren, die der lange Tag auf dem Fahrrad in ihren Knochen hinterlassen hatte, und suchten sich auf dem Boden des Gastraums ein Plätzchen, auf dem sie ihr Lager aufschlagen konnten, woraufhin sie schnell in einen festen und tiefen Schlaf versanken.

Später in der Nacht wachte Pedro plötzlich auf. Er hatte die Türe quietschen gehört, die aussah wie eine dieser Saloon Türen aus dem wilden Westen, und sah, dass sie noch immer leicht hin und her schwang. Er dachte zunächst an einen Windstoß, doch als er sich im Raum umsah, bemerkte er, dass Tajo nicht mehr auf seinem Lager lag. Bestimmt war er kurz zu dem Toilettenverschlag auf der anderen Seite des Hofs gegangen, dachte er. Doch da er einmal wach war, fiel es ihm schwer, wieder einzuschlafen, und als er auch nach zehn Minuten nicht zurück in den Schlaf gefunden hatte, und Tajo noch immer nicht zurückgekehrt war, beschloss er, nach ihm zu sehen. Er pellte sich aus seinem Schlafsack und tappte vorsichtig durch den Raum, hinaus in die Kühle der Nacht.

Die Luft war klar und der Himmel nur von einigen Schleierwolken bedeckt. Wie zarte Pinselstriche hinterließen sie am Himmel ein waagerechtes Muster, das im Mondlicht schimmerte. Nachdem er sich etwas auf dem Gelände umgesehen hatte, entdeckte er weiter hinten eine Gestalt nahe den Klippen. Das musste er sein. Gemächlich ging Pedro hinüber, und, nachdem er sich bis auf ein paar Meter genähert hatte, war er sich sicher. Tajos Körperhaltung entsprach jedoch so gar nicht dem, wie er ihn zuvor wahrgenommen hatte: mit leicht gekrümmtem Oberkörper und einer Hand an der Schläfe gehalten, wiegte er tranceartig hin und her, wie eine Weide im Wind. Pedro spitzte die Ohren: leise vernahm er Tajos Stimme zwischen dem Fauchen des Meeres. Pedro näherte sich ihm noch etwas mehr, ohne sich dabei anzuschleichen, doch trotzdem bemerkte dieser ihn nicht; er war wie abgetaucht in eine andere Welt. Als Pedro noch einen knappen Meter von Tajo entfernt war, schnappte er ein paar Worte seines Gemurmels auf: „… ein Rabe im Dickicht, ein Gefangener der Zeit.”

Pedro runzelte die Stirn, er verstand nicht, doch in dem Moment drehte sich Tajo zu ihm um. Er war weder verärgert noch erschrocken, dass dieser so plötzlich neben ihm aufgetaucht war. Auf seinem Gesicht zeichnete sich vielmehr das milde Lächeln einer zurückkehrenden Erinnerung ab. Mit sanftmütiger Stimme sagte er: „Ah Pedro, kannst du auch nicht schlafen?”

Pedro verzog den Mund, schüttelte leicht den Kopf und blickte die Klippe hinab. Die Gischt peitschte etwa dreißig Meter unter ihnen weiß und zischend gegen die Felsen wie ein zorniges Kind. Obwohl Tajo direkt neben ihm stand, vernahm Pedro seine Worte, als kämen sie aus weiter Ferne.

„Sieh nur all die Sterne dort oben und der eine Mond. Wie sie alle leuchten weiß und blau und rot. Wäre der Mond nicht so klein, könnte auch er eine Sonne sein. Oder die Erde ein Mond. Was für ein Zufall, dass alles so ist wie es ist. Ein kleiner Wind hier, ein kleiner Schubs da, und alles hätte ganz anders sein können. Und nun ist der Mond auf ewig verdammt, ein weißer verkraterter Spiegel der Sonne zu sein. Aber das macht er eigentlich ganz hübsch, findest du nicht auch?"

Pedro nickte. Er war nicht ganz sicher, ob er ihm folgen konnte. Doch vielleicht war ein Verstehen in diesem Moment auch gar nicht wichtig. Eine Weile blieben sie still.

„So eine Reise kann einsam machen, nicht wahr?", fragte Pedro dann.

„Von welcher Reise sprichst du?", entgegnete Tajo und ohne eine Antwort abzuwarten, sagte er: „Sicher. Aber das weißt du ja bereits."

Tajo hielt für einen Moment inne.

„Ihr macht eure Sache gut, du und Sancho. Ich finde, ihr habt euch gute Ziele gesetzt. Was geschieht danach?"

Pedro hob seine Schultern und sagte: „Mal sehen. Sancho könnte bei seinem Vater in der Autowerkstatt anfangen. Mal sehen."

Tajo lächelte und sagte: „Ich kann euch gut verstehen. Von einem auf den anderen Tag zu leben, wer will das nicht? Ich habe sie jedenfalls immer gehasst, diese Suche nach dem Mittelweg zwischen Selbstbestimmung und dem Stricken von Sicherheitsnetzen. Vielleicht müsst auch ihr euch irgendwann entscheiden."

Pedro hob erneut nur seine Schultern.

„Ah, tut mir leid. Was erzähle ich dir?", sagte Tajo. „Ich vermisse wohl nur die Gespräche mit meinem Sohn, in solch sternenklaren Nächten wie heute haben wir uns immer gut verstanden."

Pedro reckte den Kopf nach oben.

„Klingt nach einem feinen Burschen, wo ist er nun?"

„Ja, wohl wahr. Kolumbien. Ich bin auf dem Weg zu ihm, wir haben uns lange nicht gesehen. Wahrscheinlich blickt er gerade zu denselben Sternen wie wir ..."

Sie lauschten noch eine Weile der Gischt zu ihren Füßen und sahen gedankenverloren in die Tiefe der Nacht und die Fülle der Sterne. Es wurde kalt. Pedro hatte sich nur seinen Pullover umgelegt und fing nun langsam an zu frösteln. Noch einmal atmete er laut und lange aus und sagte: „Also dann, ich werd' mal wieder. Eine gute Nacht weiterhin ..."

Tajo war mit seinen Gedanken bereits wieder weit weg und sagte mit etwas Verzögerung: „Ja? Jaja, klar ist gut. Dir auch Pedro."

ZEHN

„Du musst deinen Läufer schützen."

Einige Zikaden zirpten ein paar Meter unter ihnen.

„Dein Springer. Dein Springer steht komplett frei."

„Tut er nicht."

„Tut er doch. Du musst immer drei Züge im Voraus denken."

Angestrengt sah Nathaniel auf das Brett. Doch es half nichts, zwanzig Minuten später musste er sich geschlagen geben.

„Kannst du mich nicht auch einmal gewinnen lassen?"

Tajo zerbrach einen Ast mithilfe seines angezogenen Knies und reichte die Stücke Nathaniel, damit er sie in das kleine Feuer werfen konnte. „Du gewinnst doch jedes Mal ein Stückchen mehr, ist dir das nicht aufgefallen? Heute hast du mich neben den Bauern um beide Springer, einen Turm und meinen liebsten linken Läufer gebracht. Für ein Königreich fühlt sich das nicht gerade nach einem Gewinn an."

Nathaniel sah seinen Vater zweifelnd an und sagte: „Na ja, ich weiß nicht. Am Ende geht es ja doch nur um den König."

„Ja, da hast du leider recht. Komm, genug gedacht. Ich kenne eine Geschichte, die du unbedingt hören solltest"

Nathaniel war vor einigen Monaten acht geworden und hatte das alte Schachbrett samt hölzernen Figuren bekommen. Sie fühlten sich rau und griffig an und waren wie aus einer anderen Zeit: Der Lack war etwas abgebröckelt, sodass das gräuliche Braun des Palisanders an den Griffflächen und Kanten der Figuren durchschimmerte. Nathaniel war wie verrückt nach dem Spiel, seit er es zum ersten Mal in den Händen gehalten hatte. Beinahe jeden Abend bettelte er Tajo an, noch ein paar Runden mit ihm zu spielen, obwohl er bisher noch nie gegen ihn gewonnen hatte. Es war zugleich so einfach und kompliziert, zwar nur ein Spiel und fühlte sich dennoch so erwachsen an. Und wenn ihre Köpfe dann irgendwann zu vernebelt waren, der Himmel aber frei und unbewölkt, legten sie sich nach dem Spielen auf das Dach des kleinen, nur schulterhohen Verschlags und suchten etwas Klarheit dort oben in den Sternen.

An diesem Abend erzählte Tajo Nathaniel die Geschichte eines Königs in einem warmen Wüstenland. Manchmal entdeckte Tajo beim Erzählen ein Sternbild, das zu der Handlung passte. Dann band er es in die Geschichte ein, oder sie bildeten gleich neue Figuren aus den leuchtenden Punkten. Diesmal hatten sie genau über sich die Krone des Königs entdeckt. Nathaniel tippte bedächtig mit seinen Fingern auf die Spitzen der Krone, Tajo fuhr fort: „Anders als andere Könige hatte sich dieser König von den Bewohnern des Landes wählen lassen. Er war ein allseits beliebter König, denn er tat das, was seinen Untertanen guttat. Das Volk litt nämlich noch immer unter den Zuständen, in denen die vorherigen Könige das Land hinterlassen hatten. Er baute Straßen, verteilte Brot an die Armen, pflanzte Bäume zur Verschönerung des Reiches und ließ Felder bestellen, damit alle genügend zu essen bekamen. Durch sein Land fuhr er nicht, wie seine vielen Vorgänger, in protzigen Kutschen, sondern er ritt auf einem alten Gaul, seinem treuen Freund schon seit der Zeit, bevor er König geworden war.

Die Könige, die zuvor das Land regiert hatten, mochten den neuen König nicht besonders, da er ihnen viele der Privilegien nahm, die sie sich und ihren Familien und Freunden während ihrer Regierungszeit gesichert hatten. Eines Tages überfielen die ehemals Mächtigen den König und sperrten ihn in ein dunkles Loch, aus dem er nie wieder entkommen konnte.

Sankt Kara wurde er seitdem von seinem Volk genannt, der Wertvolle."

Tajo drehte seinem Sohn den Kopf zu. Der hatte mit in Falten gelegter Stirn andächtig zugehört und dachte nun darüber nach. Tajo zögerte kurz, dann fragte er: „Was meinst du, hat der König das Richtige getan? Hätte er wissen müssen, dass es einmal so kommt?"

„Ach, Pa … kannst du mir nicht einfach mal eine Geschichte erzählen, ohne diese Fragen danach zu stellen?"

Nathaniels Reaktion überraschte Tajo wenig, er grinste nur und piekte seinem Sohn in die Seite, sodass dieser kurz lachend kiekste, und sagte dann: „Ach komm, tu mir den Gefallen …"

Nathaniel seufzte etwas theatralisch und sagte: „Ok."

Er legte seinen Zeigefinger an die Lippen und sagte: „Er hat so regiert, wie er selbst hätte regiert werden wollen. Sein Volk hat ihn verehrt für die guten Taten. Aber dafür sein restliches Leben in einem schwarzen Loch verbringen müssen?"

Er hob seinen Blick in Richtung der Bäume auf der gegenüberliegenden Seite des Tals, die im Mondlicht silbrig-grün schimmerten und sagte dann: „Ja. Ich glaube, er wusste, wenn er als König nicht alles getan hätte, um seinem Volk zu helfen, wäre sein Leben schon viel früher wie das in diesem schwarzen Loch gewesen. Aber hat man nie versucht, ihn aus diesem Gefängnis zu befreien?"

Tajo überlegte einen Augenblick und antwortete dann mit leiserer Stimme: „Nein, das ging nicht. Das Gefängnis war nicht in dieser Welt. Doch viele Menschen haben sich ihn als Vorbild genommen und versucht, die Welt in seinem Andenken zu verbessern. Ich denke, das ist auch eine Art, ihn aus dieser Finsternis zu befreien, meinst du nicht?"

Nathaniel schwieg und nickte unmerklich.

Für ein paar Minuten war es still. Die Nacht war warm, dennoch hatte Nathaniel mittlerweile Mühe, seine Augen aufzuhalten. Doch im nächsten Moment schossen plötzlich eine, zwei, gleich vier Sternschnuppen durch sein Blickfeld. Er war wieder hellwach und rüttelte aufgeregt an Tajos Schulter: „Sieh nur, Papa, dort, vier, nein, fünf Sternschnuppen! Hast du sie gesehen?"

Tajo sah gerade noch rechtzeitig in die Richtung, in die sein Sohn wies, als erneut eine im *Southern Cross* erlosch. Kurz darauf streiften noch eine und noch viele weitere den Himmel – alle hatten ihren Ursprung in der Nähe des Sternbilds Herkules. Nathaniel hatte sich aufgesetzt und zog mit seinem Finger aufgeregt jeden einzelnen Lichtschweif nach.

„Hast du die gesehen, Papa? Papa, sieh doch nur, das war bis jetzt die hellste, wie können sie so schnell sein? Wo kommen die plötzlich alle her?"

Angesteckt von Nathaniels Eifer saß auch Tajo da und sah jeder Sternschnuppe aufgeregt hinterher.

„Lyriden", sagte Tajo leise und mehr zu sich selbst.

„Lyri…", wiederholte Nathaniel verwirrt, „…den", ergänzte Tajo. „Sie kommen jedes Jahr, oder vielmehr: Wir kommen jedes Jahr an ihnen vorbei."

Der Junge sah seinen Vater mit bohrend fragendem Blick an. Ohne zu ihm herüberzuschauen spürte er diesen Blick und sagte: „Na ja, jedes Jahr streift die Erde die Umlaufbahn des immer gleichen Kometen und der Staub verglüht dann hier über unseren Köpfen zu den Sternschnuppen, die du siehst."

Diese Information hatte Nathaniel sichtlich zum Grübeln gebracht. Nachdenklich sah er weiter in Richtung Himmel und bewegte dabei seinen erhobenen Zeigefinger über dem Kopf, als ob er etwas zählen würde und sagte dann: „Es ist unheimlich weit weg, oder? Alles was dort oben passiert … Und wir sitzen hier nur auf einem kleinen Segelbötchen. Und heute segeln wir an den Lyriden vorbei. Oder, Papa?"

Er wischte einmal mit der flachen Hand über das Firmament, ballte dann eine Faust, als ob er eine Fliege gefangen hätte und öffnete sie nach einer kleinen Armbewegung wieder, um sie freizulassen.

„Verrückt, was?", sagte Tajo und setzte einen begeisterten Blick auf. „Aber, dass wir uns vorstellen können, dass es unvorstellbar groß ist, ist doch schon einmal eine ganz gute Leistung, findest du nicht? Und wenn man ab und an zu den Sternen schaut und sich daran erinnert, dass wir auf einem kleinen Segelbötchen durchs Universum schippern, rückt das doch alles in ein ganz anderes Licht. Die ganzen Kleinigkeiten im Alltag, die dich einlullen, können verpuffen wie ein angestochener roter Luftballon. Man erfährt eine völlig neue Ehrfurcht, alles existiert und passiert nur hier und jetzt und nur dieses eine Mal, hier auf diesem erstaunlich stabilen Schiff. Was für ein Glück, dass wir dabei sein dürfen!"

Er hielt kurz inne und sah einer weiteren Sternschnuppe hinterher.

„Am Ende bist du dann zwar nur ein winziges Sandkörnchen am gewaltigen Strand des Universums, doch schaut man sich uns genau an, so stellt man fest: Du bist trotzdem genauso ein einzigartiges Wunder wie das komplette Universum selbst. Und du kannst, darfst und solltest dir deiner Besonderheit immer bewusst sein, finde ich. Aber auch darüber, dass du in einer Welt voller Wunder lebst – nimm dich also nicht zu wichtig. Das ist ein schmaler Grat, aber ich bin mir sicher, du kannst ihn meistern, oder?"

Er blickte sich zu seinem Sohn um.

„Nathaniel?"

Der Junge atmete ruhig und tief, er war eingeschlafen. Tajo lächelte. Seine Monologe waren noch immer das beste Mittel, um ihn zum Schlafen zu bringen. Behutsam hob er ihn hoch, über die Leiter hinunter und dann ins Haus. Dort legte er ihn in sein Bett und schlich sich nach einem Gutenachtkuss aus dem Zimmer.

ELF

Anden, Peru

Wenn eine Rast am notwendigsten war, gelangte man oft an die wundersamsten Orte. Tajo befand sich auf einem Anstieg durch eine verwunschene, mit Kletten bewachsene Graslandschaft der Anden. Hier und da hatte er auf der Suche nach einem Lagerplatz ein paar Schritte auf die Felder gewagt, doch die allgegenwärtigen stacheligen Pflanzenbällchen vermiesten ihm jedes Mal die Tour. Also schob er sein Rad grummelnd und bis zu den Knien mit Kletten bedeckt weiter den Berg hinauf, bis er hinter einer Kurve endlich einige zusammengewürfelte Gebäude entdeckte. Sie waren durch einen Zaun eingefriedet, den man durch ein großes, rundes Tor passieren konnte. Neben dem Tor stand ein großer Briefkasten, der mit bunten hölzernen Buchstaben beschrieben war: *„Escuela la Pampa"*

Hoffnungsvoll spinkste Tajo durch die Gitterstäbe des Tores und tatsächlich: Er entdeckte ein Mädchen, das gedankenverloren auf den Stufen einer Veranda saß und mit zusammengekniffenen Augen ein paar Pflanzen-Blätter inspizierte, die sie fächerartig vor ihr Gesicht hielt. Es hatte eine viel zu große Hornbrille auf, die tief auf ihrer Nase saß. Sicherheitshalber hatte sie das Gestell mit einer Kordel um den Hals gebunden. Im Grunde war der Kopf alles, was man von ihr sehen konnte, der Rest von ihr steckte in einem staubbraunen Mantel-Wust. Auf den ersten Blick wirkte es, als wäre sie von einem Knäuel buschiger pelziger Tiere umgeben.

Über ihre Brille schielend entdeckte sie nun den Neuankömmling, der mit seiner Fahrradklingel auf sich aufmerksam machte. Sichtlich erfreut begrüßte sie ihn mit einem breiten Grinsen, hob die Hand und rief: „Oh, hallo, wer bist denn du?

Die Schule hat heute leider geschlossen. Bist du gekommen, um etwas zu lernen?"

„Hola", antwortete Tajo. „Na ja, beinahe. Eigentlich suche ich vor allem eine Unterkunft für die Nacht. Hättet ihr eventuell ein Plätzchen? Die ganze Heide hier draußen ist übersät von diesem Zeug hier."

Er hob demonstrativ sein Kletten-behaftetes Bein über den Zaun und rief: „Wie haltet ihr das bloß aus? Nun ja, also ein kleines Fleckchen für mein Zelt würde mir schon reichen. Und wenn ich bei euch noch etwas lernen kann, umso besser! Ich heiße übrigens Tajo …"

Das Mädchen lächelte, legte dann aber ihre Stirn in Falten und sagte in ernster Tonlage: „Ich denke, das sollte gehen, es sind gerade Ferien, deshalb ist hier nicht viel los. Trotzdem muss ich zuerst Mayito fragen. Sie ist schon erwachsen und meine beste Lehrerin. Sie muss entscheiden!"

Mit zu einem Trichter geformten Händen rief sie: „Mayito! Bist du da? Hier braucht jemand unsere Hilfe!"

Mit einem Satz sprang das Mädchen auf ihre Füße und schlenderte jetzt ohne Eile über den Hof auf Tajo zu. Nachdem sie ein paar Schritte getan hatte, drang aus einer der umstehenden Holzhütten eine nasale Stimme. Tajo verstand kein Wort. Es klang schon spanisch, aber irgendwie war es mehr ein Wortbrei als eine Ansammlung verständlicher Silben. Das Mädchen schien damit kein Problem zu haben und erwiderte: „Nein, er sieht ganz nett aus, er verbraucht bestimmt nicht heimlich unsere letzte Kreide!"

Mittlerweile war sie am Tor bei Tajo angekommen und flüsterte: „Vor Jahren hat hier mal einer übernachtet, der hat die komplette Kreide für Porträts von García Márquez an den Schulwänden verbraucht. Mayito war sehr verärgert. Wir haben eine Woche im Unterricht nur Alpakas auf den umliegenden Weiden gezählt, bis endlich Juan, unser etwas kurzsichtiger Hausmeister, mit neuer Kreide aus der Stadt zurückkam. Mit seinen schlechten Augen war er auf die Führung seines Esels angewiesen – ein zuverlässiges, aber langsames Team …"

Sie setzte eine sehr ernsthafte Miene auf. Tajo sah sie etwas verwundert an, dann rief das Mädchen in Richtung der Hütte: „Er kann doch im Klassenzimmer schlafen, Napoleon und Caesar machen ihm bestimmt etwas Platz. Aber willst du nicht einmal herauskommen, dann kannst du ihn dir doch selbst einmal anschauen!"

Erneut prasselte ein unverständliches Lautflickwerk aus der Hütte, das von einem hölzernen Poltern begleitet wurde. Das Mädchen antwortete geduldig: „Ja natürlich, den vergisst du jedes Mal, ist dir das schon aufgefallen?"

Dann ging sie, weiterhin ohne Eile, zu einem Brunnen neben der Hütte, schöpfte einen Eimer Wasser daraus und trug ihn mit beiden Händen vor sich zu der Hütte, aus der nun eine Hand ragte, um ihn entgegenzunehmen. Ein Wasserschwall ertönte aus dem Innern und kurz darauf kam Mayito mit heiterer Miene zur Türe hinaus. Sie sah zu Tajo hinüber und warf ihm dann ein freudiges Kauderwelsch entgegen. Ihr breites Grinsen legte einen weitgehend zahnlosen Mundraum offen. Ihrer sonnengegerbten Haut und den grauen Ansätzen ihrer Haare nach zu urteilen, schätzte Tajo sie auf Mitte sechzig. Auch wenn man kein Wort von ihr verstand, ging von ihr eine wohltuende Wärme und Wonne aus, die Tajo alle Sorgen um seinen heutigen Schlafplatz vergessen ließen. Mayito plapperte weiter, und als sie mit ihrer Ansprache eine Pause machte und Tajo auffordernd ansah, erwiderte er aufs Geratewohl: „Ja … Also, Ihnen auch einen guten Abend! Ich bin unterwegs auf meinem Rad hier und hatte gehofft, hier einen Platz zum Schlafen zu finden."

Er ertappte sich dabei, wie er beim Sprechen ausladende Gesten mit seinen Händen vollführte, als ob sie tatsächlich eine andere Sprache sprechen würden. Etwas errötend steckte er sie in seine Taschen und fuhr dann fort: „Würde es Ihnen etwas ausmachen, wenn ich die Nacht in Ihrem Klassenzimmer verbringe? Ich bin sicher, Napoleon und Caesar werden gut auf mich aufpassen!"

Mit einem noch breiteren Grinsen winkte die Dame ihn herbei, sie schien ihn zu mögen. Währenddessen ging das Mädchen zu einem der Gebäude und öffnete die Tür. Sofort sprangen zwei sehr große Hunde heraus, die dem Mädchen beinahe bis zur Schulter reichten, und hüpften Tajo freudig entgegen. Der stand noch immer an den Zaun gelehnt und nahm jetzt eine leicht angespannte Körperhaltung ein. Außer einer Kammfrisur auf dem Kopf hatten die beiden Hunde keine Haare am Körper, sodass man vor allem ihre mit Flecken übersäte Haut sah.

„Napoleon und Caesar", stellte das Mädchen die Hunde vor, nachdem sie hinter ihnen hergeeilt war. Tajo war instinktiv zwei Schritte zurückgetreten, doch kurz bevor die beiden Hunde ihn erreicht hatten, drehten sie ab, um sich gegenseitig über die große Wiese zu jagen.

„Zwei prächtige Kerle. Und was für passende Namen, die sind wohl nicht mehr zu halten, wenn sie einmal laufen", murmelte Tajo.

„Das stimmt, die sind kaum zu bändigen", stimmte das Mädchen zu.

„Als wir sie fanden, hatten wir im Unterricht gerade das Thema: *Größenwahn und Rantanplan*. Manchmal frage ich mich, woher Mayito den Lehrplan nimmt. Wir fanden jedenfalls auch, dass die Namen gut zu ihnen passen."

Ein paar Momente sahen sie gedankenverloren den umhertollenden Hunden zu. Dann sagte Tajo: „Verstehe. Und du? Hast du eigentlich auch einen Namen?"

Das Mädchen sah ihn triumphierend an und sagte: „Natürlich, nenn mich Nadie!"

„Nadie?", fragte Tajo und sah sie misstrauisch an. „Ist das dein echter Name?"

„Echt, unecht, wer entscheidet das schon?", sagte sie nur. „Ich bin Nadie. Komm, ich zeige dir unser Klassenzimmer."

Sie nahm ihre Brille ab und steckte sie in die Tiefen ihrer Manteltaschen. Erst jetzt sah Tajo, dass die Brille nur aus dem Gestell bestand – die Gläser fehlten.

Tajo schätzte sie auf vielleicht zwölf Jahre, doch etwas an ihr wirkte älter. Wie sie ihren Blick nun von Tajo abwandte, während sie ihm das Tor offenhielt: Halb leer, doch voller Gedanken, die Stirn in leichten Falten und die Augen so abgeklärt, als hätte sie sich bereits mit einigen Enttäuschungen abfinden müssen. Doch all das verflog, als sie Tajos prüfenden Blick spürte. Wie ertappt, malte sie wieder ihr keckes Grinsen ins Gesicht und sagte: „Was ist los? Schon auf dem Weg eingeschlafen?"

Tajo betätigte kurz seine Fahrradklingel, tat, als ob er aus einem Sekundenschlaf erwacht wäre und antwortete: „Ertappt, bin schon da."

Er gab sich eine kleine gespielte Ohrfeige mit der freien Hand und schob dann sein Rad durch das Tor. Während sie über die Wiese gingen, suchte er das Schulgelände nach der Lehrerin ab, doch es blieb bei diesem kurzen Auftritt. Sie war wieder in eine der Hütten abgetaucht, aus der jetzt ein lauter werdendes Hämmern ertönte, das klang, als ob jemand heißen Stahl auf einem Amboss bearbeitete. Auch jetzt sparte sich Tajo achselzuckend weitere Nachfragen und trottete dem

Mädchen hinterher in Richtung eines größeren windschiefen Gebäudes.

Sie betraten das Haus, dessen Inneres nur aus einem Klassenzimmer bestand. Der Raum war zwar groß, doch nur kahl bestückt. Einige Stühle mit kleinen Schreibpulten standen ungeordnet im Raum herum. Die mintgrünen Wände waren mit selbstgemalten Bildern und Schautafeln verziert. Auf einer hing das Alphabet in bunten Buchstaben, neben denen jeweils ein passendes Tier abgebildet war. In der hinteren Ecke war die peruanische Flagge an einem kleinen Mast befestigt, und gleich daneben hingen ein paar kitschige Jesus-Abbildungen in goldenen Rahmen. Die Fenster mochten ursprünglich einmal klar gewesen sein, stellenweise konnte man jedenfalls noch durch sie hindurchsehen; mittlerweile waren die Scheiben jedoch milchig getönt und mit einer dicken Staubschicht bedeckt. Vorne hing eine große, grüne Tafel, auf der einige Vokabeln geschrieben waren.

Das Auffälligste in dem Raum war jedoch ein ausgestopfter Storch, der exponiert in der Ecke links neben der Tafel stand. Das eine Bein war im rechten Winkel abgeknickt, der zugehörige Fuß fehlte. Das Federkleid war etwas zerzaust und angegilbt – das Modell hatte wohl schon einige Kinder groß werden sehen.

Während Nadie Tajo stolz durch ihre heiligen Hallen führte, bemerkte sie, wie sein Blick an dem Storch hängen geblieben war, und plapperte daraufhin los, als ob sie ein kürzlich gehaltenes Referat aus ihrem Gedächtnis abspulte: „Ah, darf ich vorstellen: Das ist Rex, unser ältester Mitbewohner hier. Er hatte wohl schon einige tausend Kilometer hinter sich, bis er auf dem falschen Baumwipfel Rast machte und von einem fleißigen Jäger mumifiziert wurde. So erzählte es jedenfalls Mayito. Ist es nicht verrückt? Diese Vögel fliegen jedes Jahr zehntausende Kilometer und erleben so nie einen Winter!

Und währenddessen tauschen sie sich mit der gesamten Umwelt aus, über die besten Flugrouten, die schönsten Rastplätze auf dem langen Weg und bestimmt auch, wo es den leckersten Fisch zu fangen gibt. Biologie ist mein Lieblingsfach. Und ihr ganzes Wissen geben sie sich untereinander in ihrem Fluggeschwader weiter. Manche Weisheit, die sich die jungen Störche heute von den erfahrenen abgucken, könnte also schon Jahrtausende alt sein! Als würden sie ein kollektives Gedächtnis bilden. Es ist, als ob die Zeit stillsteht und der aktuelle Moment nur immer noch etwas verfeinert wird, findest du nicht?"

Tajo hörte der vor Begeisterung sprühenden Nadie belustigt zu und bemerkte: „Da hast du recht, da können wir nur hoffen, dass wir Menschen nicht zu viele dieser Prachtkerle zu Mumien verwandeln, dann bleibt die Zeit für sie tatsächlich stehen."

Er stand nun neben der Tafel und malte einen Kreis mit drei Strichen darauf – den Mund ließ er weg.

„Und wie ist es hier? Möchte man hier auch manchmal dem Winter entkommen?"

Er spürte ihren durchdringenden Blick, doch schnell wandte sie sich wieder ab und sah zum Fenster hinaus. Dann sagte sie: „Ach nein, Mayito wird langsam alt, sie braucht mich. Und ob Sommer oder Winter, das macht hier keinen großen Unterschied."

Wieder setzte sie diese abgeklärte Miene auf und fügte etwas leiser hinzu: „Hier muss man nur vor dem Winter im Kopf aufpassen. Der ist viel heimtückischer. Er kommt, wenn man nicht mit ihm rechnet. Da ist man völlig unvorbereitet."

Sie machte eine Pause. Tajo traute sich nicht zu fragen, doch nach ein paar Momenten sagte Nadie: „Meine Eltern. Sie mussten mich hier zurücklassen. Wir mussten uns verstecken, damals. Und so war es wohl sicherer. Wenn ich manchmal daran denke, wo sie sein könnten, erstarrt wieder alles zu einem kalten Wintertag. Dann verkrieche ich mich unter meiner dicksten Decke und hoffe, dass die Kälte bei meinen Füßen Halt macht."

Während sie sprach, strich sie unbewusst über den Flügel des Storchs. Plötzlich hielt sie eine große Feder mit schwarzer Spitze des ausgestopften Tieres in der Hand. Erschrocken sah sie Tajo an, der zuckte nur mit den Schultern, Nadie errötete etwas und steckte die Feder so gut es ging zurück in das Federkleid von Rex. Die Sonne würde bald untergehen, die letzten Strahlen, die durch die Fenster fielen, hinterließen ein goldgelbes Muster auf dem Fußboden.

Nun erhellte sich ihr Gesichtsausdruck und sie sagte: „Aber meistens ist es anders. An Schultagen denke ich nicht daran. Morgens bringt der Schulbus Taro, Zia und den Rest meiner Klasse. Mittags kochen wir mit dem großen Topf über dem Feuer und dann gehen wir hoch auf den Bergkamm zu den Alpakas und spielen den Rest des Tages auf den Feldern. Dann ist wieder ein glitzernder Sommertag, gerade als wäre ich mit den Störchen in den Süden geflogen. Siehst du, Tajo?"

Nadie schaute ihn grinsend und mit hochgezogenen Schultern an.

„Ein guter Wind weht überall!"

Tajo nickte lächelnd und lehnte sein Fahrrad an eine freie Wand. Im nächsten Augenblick öffnete sich knarzend die Tür zum Klassenraum und Caesar und Napoleon rollten zu einer Kugel verbissen in den Raum. Tajo machte einen Satz zur Seite und sagte lachend: „Ich weiß, wer heute Nacht gut schlafen wird, da müsst ihr euch bessere Kreidewächter suchen!"

Mit einem gezielten Wurf platzierte Nadie ein Stück rosa Kreide an seiner Schulter, streckte ihm die Zunge raus und sagte drohend: „Wag es!"

Tajo grinste nur und hob abwehrend die Hände.

Von draußen drang nun Mayitos Kauderwelsch durch das halboffene Fenster, worauf Nadie antwortete: „Si Mayito, ich komme schon!"

Dann sagte sie mit strengem Blick: „Ok, an deiner Stelle würde ich mir eine kleine Schutzmauer aus Stühlen um deinen Schlafplatz bauen, Kreide hin, Kreide her. Caesar und Napoleon neigen zum Schlafwandeln. Wir müssen morgen früh los, ich werde also jetzt schlafen gehen. Du kommst zurecht? Gute Nacht!"

Tajo nickte, beugte sich vor, um aus einem der Fenster Richtung Himmel zu schauen und sagte: „Ist gut und danke für den Tipp, gute Nacht! Ich habe das Gefühl, morgen wird ein sonniger Tag …"

Nadie huschte aus dem Raum und er machte sich daran, sein nächtliches Fort aufzubauen. Erschöpft wie er war, schlief er trotz des kehligen Schnarchens der beiden Hunde schnell ein.

Doch schon ein paar Stunden später riss ihn ein Geräusch aus dem Schlaf – schweißgebadet wachte er auf, es war mitten in der Nacht. Der Lärm stammte von Motorrädern, die ihre Motoren laut aufheulen ließen. So leise wie möglich schlich er zum Fenster, von dem das Eingangstor zu sehen war, aus dessen Richtung der Lärm kommen musste. Er konzentrierte sich so darauf, keinen Laut von sich zu geben, dass er erst nur auf den Zehenspitzen, dann nur noch jeweils auf dem großen Zeh ging und schließlich den Boden gar nicht mehr zu berühren schien. Er war so fokussiert auf das Geschehen hinter dem milchigen Glas, dass er keine Zeit hatte, sich darüber zu wundern.

Das rasselnde Knattern der Motoren erfüllte den kompletten Hof, breitete sich bis in das Umland aus und versetzte alles in eine nervöse Unruhe, wie das Brüllen eines Löwen, das selbst den Farn zum Erzittern bringt. Als Tajo beinahe das Fenster erreicht hatte, fuhr er in sich zusammen: Ein lauter

Knall, mit langem Nachhall, verscheuchte das Ätzen der Motorräder für ein paar Momente. Ein Schuss war abgefeuert worden, doch nicht aus einer Pistole, es musste etwas Größeres gewesen sein, der Schuss war viel lauter und voller im Klang. Tajo hatte sich zitternd mit dem Rücken an eine der Wände zwischen den Fenstern gepresst. Vorsichtig sah er um die Ecke durch die Scheiben: Dort konnte er undeutlich die Konturen einer Gestalt am Zaun erkennen, auf deren Schulter eine noch rauchende Flinte ruhte. Nach genauerem Hinsehen war er sich sicher: Es war Mayito. Seelenruhig stand sie dort und blickte den beiden Motorrädern hinterher, die fluchtartig und mit Vollgas das Weite suchten.

Ungläubig starrte Tajo weiter in Richtung des Zaunes, was hatte sich dort abgespielt? Behutsam versuchte er, sich etwas weiter vorzubewegen, doch nun fiel ihm wieder ein, dass er ja eben noch den Kontakt zum Boden verloren hatte. Langsam und prüfend senkte er den Blick und erschrak erneut, als er bei seinen Füßen angelangt war: Er schwebte fast einen Meter über den Holzdielen. Panisch fing er an, mit den Armen zu wedeln wie ein gestutzter Vogel, um im nächsten Augenblick auch schon hinabzufallen und schmerzhaft auf dem Fußboden aufzuprallen. Er kniff die Augen zu, tiefes Schwarz umhüllte ihn. Doch es verging nur ein kurzer Moment, da riss er reflexhaft die Augen wieder auf und rang nach Luft, als hätte ihn jemand aus eiskaltem Wasser gezogen. Daraufhin wandte er seinen Blick mit starr aufgerichtetem Oberkörper zum Fenster hinaus. Die Nacht jedoch war ruhig, kein Geräusch war zu hören. Ein paar Grillen zirpten, die Hunde atmeten tief und entspannt. Mit pochendem Herzen rieb er sich die Augen und legte sich vorsichtig zurück auf seine Matte, die inmitten eines Stuhlkreises lag. Er hörte das leise Fiepen der beiden Hunde. Langsam beruhigte er sich. Mit einem letzten Anflug von Panik tastete er mit den flachen Händen sein Umfeld ab, um zu prüfen, ob noch all seine Sachen beisammen waren – er wusste selbst nicht warum. Schließlich griff er in eine seiner Taschen, um das Geschenk herauszuholen, das ihm der Junge am Bahnsteig gemacht hatte. Er hielt es mit beiden Händen umklammert und glitt in einen tiefen, traumlosen Schlaf.

Am nächsten Morgen wachte er ermattet auf, geweckt von den ersten Sonnenstrahlen. Mit pochenden Schläfen blinzelte er in Richtung der milchigen Fenster, durch die diffuses Sonnenlicht den Raum erhellte. Das Bild von Mayito mit dem Gewehr über der Schulter war das erste, das ihm in den Sinn kam. Er schüttelte kurz den Kopf, um das Bild zu vertreiben – eine merkwürdige Nacht. Etwas wackelig richtete er sich auf, wie eine zum Leben erweckte Marionette, zog sich an und machte sich mit einer Zahnbürste bewaffnet auf die Suche nach einer Waschgelegenheit. Er hoffte, in einem der anderen Gebäude fündig zu werden und trat durch die Tür, die halb offen stand – die beiden Hunde waren wohl schon länger wach.

Nachdem er den Hof betreten hatte, hielt er kurz inne. Es herrschte eine fast schon gespenstische Ruhe hier draußen. Insekten zirpten, vereinzelt waren Vögel zu hören, aber dennoch: Es fehlte etwas Undefinierbares, um der Stille einen normalen Klang zu verleihen. Diese unerklärliche Abwesenheit einer Nuance erweckte bei ihm ein äußerst unbehagliches Gefühl.

Er blickte sich um, ein Waschhaus fiel ihm auf den ersten Blick nicht auf, doch am Rande des Schulgeländes entdeckte er Nadie: Sie saß auf einer Erhebung unweit des Zaunes, links und rechts umrahmt von Caesar und Napoleon, und sah der Sonne dabei zu, wie sie gemächlich aus ihrem nächtlichen Versteck kroch. Langsam ging Tajo den Hügel hinauf und setzte sich neben das Dreiergespann, deren langgezogene Schatten wie die Zeiger einer mahnenden Sonnenuhr im Schein der Sonne flimmerten.

„Niemand und Niemands Wächter", sagte Tajo nach einer Weile mit zusammen gekniffenen Augen. „Ein beruhigender Anblick. Studiert ihr so jeden Morgen den Verlauf der Sonne?"

Den Blick weiter geradeaus gerichtet sagte Nadie: „Sieh, ich glaube, du hattest recht, heute wird ein Sommertag."

Tajo nickte stumm. Einige Momente verstrichen, in denen er die merkwürdige Nacht und die Zahnbürste in seiner Hand vergaß. Es herrschte weiterhin diese unheimliche Stille. Er überlegte, ob Nadie sie auch spürte – sie schien etwas unter Spannung zu stehen. Der Wind pfiff ein sanftes Lied, die Luft war kalt und feucht, doch die ersten Sonnenstrahlen wärmten ein wenig und tauchten den Horizont in ein rauchiges Rosa. Es lag dieser leicht süßliche Geruch in der Luft, den Tajo noch immer keiner bestimmten Quelle zuordnen konnte. War es eine Pflanze, ein Gewächs? Den Gedanken verfolgend kaute er auf einem Grashalm herum.

„Mayito nimmt mich heute mit zum Markt", sagte Nadie. „Sie sagt, ich solle mir nicht zu viel Hoffnung machen, aber eine Frau und ein Mann haben sich wohl in der Stadt nach einem Mädchen wie mir erkundigt. Vielleicht sind sie doch gekommen, meine Eltern."

Während sie sprach, verdrehte sie verlegen mit Daumen und Zeigefinger den Saum ihres Mantels und sah dann wieder mit einem feinen Lächeln und schmalen Augen in Richtung Osten, wo die Sonne nun vollständig über den Bergkuppen aufgegangen war.

Tajo blickte sie aufmunternd an und sagte: „Das freut mich! Ich bin mir sicher, ihr werdet euch wieder …"

Er verstummte, ihm stockte plötzlich der Atem. Da war er wieder, der Schmerz breitete sich in seinem ganzen Körper aus und sein Brustkorb verkrampfte sich. Mit geschlossenen Augen atmete er verzerrt in sich hinein. Die Stille war inzwischen allgegenwärtig. Nadie sah ihn besorgt an und rief: „Tajo! Tajo, was ist mit dir?"

Er nahm ihre Stimme nur dumpf wahr, als ob sie durch eine Glasscheibe getrennt wären und unter großer Anstrengung erwiderte er: „Ach nichts. Manchmal sträubt mein Körper sich."

Ein paar Augenblicke rang er mit seinen Schmerzen, er zwang sich, tief ein- und auszuatmen, um das Stechen aus seiner Brust zu vertreiben. Langsam kehrte der warme Klang der Anden zurück in sein Bewusstsein und drängte die unwirkliche Stille zurück, woher auch immer sie gekommen war. Napoleon begann leise zu jaulen.

„Aber … wogegen sollte er sich denn sträuben?", horchte Nadie vorsichtig nach, als sie merkte, dass er sich etwas erholt hatte. Die Hände zu Fäusten geballt, antwortete er mit gepresster Stimme: „Weißt du, auch ich suche jemanden. Ich bin unterwegs zu meinem Sohn und es liegt noch ein weiter Weg vor mir. Manchmal verlassen mich meine Kräfte. Doch am Ende werden wir uns wiedersehen!"

Er griff in eine seiner Hosentaschen und fischte eine Pille aus der Schatulle.

Diese Antwort hatte Nadie offenbar kaum zufriedengestellt. Nochmals bohrte sie nach: „Es ist sehr nett von dir, dass du deinen Sohn besuchen fährst. Aber wieso rufst du ihn nicht einfach vorher an? So, wie es dir geht … Vielleicht könntet ihr euch irgendwo in der Mitte treffen? Wäre das nicht viel leichter? Vielleicht ist er ja gar nicht da! Wann habt ihr euch denn das letzte Mal gesehen?"

Tajo verzog sein Gesicht. So viele treffende Fragen war er nicht gewohnt. Etwas mürrisch antwortete er: „Das ist schon lange her, so genau weiß ich das nicht mehr. Es war schwierig damals, wir konnten nicht beieinanderbleiben. Aber ich bin mir sicher, wo ich ihn finden werde. Und es soll ja eine

Überraschung werden. Warum auf eine gute Überraschung verzichten?"

So ganz wusste er nicht, vor wem er sich rechtfertigte - vor Nadie, oder vor sich selbst. Doch er verwarf diesen Gedanken schnell und sagte: „Außerdem möchte ich die Strecke noch einmal mit dem Rad hinter mich bringen und alle Dörfer, Wälder, Berge und Seen für mich haben. Möchte atmen, fühlen, sehen, entdecken, bevor ich …"

Tajo stockte – für einen Moment herrschte Stille.

„Bevor du was …?", fragte Nadie.

„Ach weißt du, ich habe das Gefühl, dies wird meine letzte Reise. Und ich glaube, eine letzte Reise ist nie leicht …", antwortete Tajo.

Nadie nickte langsam mit ihrer seltsam abgeklärten Miene und sagte: „Wenn man das letzte Mal irgendwo ankommt, kann man nur hoffen, dass man zur richtigen Zeit aufgebrochen ist. Dann landet man im ewigen Sommer."

Der Wind wehte nun kräftiger und einige Böen brachten das Laub zum Tanzen, das sich an der Wand einer nahegelegenen Hütte gesammelt hatte. Ein Eimer fiel polternd neben dem Klassenzimmer um. Wie auf Kommando sprangen Napoleon und Caesar auf und jagten im Kreis um Tajo und Nadie herum.

„Ich hatte eine verrückte Nacht", sagte Tajo jetzt mit leicht erhobener Stimme, um gegen das Bellen und Knurren der Hunde anzukommen.

„Ich glaube, Mayito hat mich vor großem Unheil bewahrt. Mit einer Flinte im Anschlag hat sie das Schulgelände vor zwei üblen Typen verteidigt und sie in die Flucht geschlagen. Doch ich bin mir nicht ganz sicher, war ich wach, war es nur ein Traum?"

Unbeeindruckt verfolgte Nadie mit ihren Augen ein Alpaka, das über die Straße trabte und soeben die Sträucher dieses klebrigen Kletten-Wuchses fraß.

„Ja, Mayito weiß sehr wohl Freund und Feind zu unterscheiden", sagte sie dann. „So alleine hier draußen braucht es das."

Im nächsten Moment drang Mayitos kräftige Stimme über den Hof, laut genug, um eine lärmende Schulklasse zu übertönen – nur verstehen konnte Tajo sie immer noch nicht. War es vielleicht ein Dialekt? Nadie antwortete beinahe ebenso lautstark: „Si Mayito, ist gut."

Sie wandte sich an Tajo: „Es ist Zeit. Wir müssen los."

Dann stand sie auf und klopfte den Staub von ihrem Mantel.

„Zu Fuß?", fragte Tajo in Erinnerung an den weiten Weg bis zur nächsten Hütte.

„Nein, nein …", sagte Nadie. „Ein paar Kilometer bergab fährt ein Bus, der uns zum Markt fährt. Es war schön, dich kennengelernt zu haben, und ich hoffe, du findest deinen Sohn. Ich werde an dich denken, wenn ich – falls ich – meine Eltern wiedertreffe. Pass auf dich auf, Tajo!"

„Ist gut, und du auf dich und Mayito. Ich bin mir sicher, ihr werdet euch finden. Zu guter Letzt ist es doch wie mit Napoleon und Caesar hier: ständig rennen sie im Kreis, aber am Ende des Tages liegen sie doch friedlich zusammen auf der Veranda."

Nadie lächelte.

„Bestimmt, also mach's gut, du kannst die Tür einfach hinter dir zuziehen."

„Du auch, und vielleicht sieht man sich eines Sommers einmal wieder."

Nadie stand auf, wuschelte ihm wie einem kleinen Jungen durchs Haar und lief dann lachend zu Mayito, die, mit einem großen Beutel bepackt, neben dem Zaun-Tor auf sie wartete und Tajo jetzt wie wild zuwinkte. Dabei rief sie ihm noch einige freudig klingende, aber unverständliche Worte entgegen. Tajo winkte zurück, worauf die beiden das Tor aufstießen und im strammen Tempo den Berg hinuntermarschierten. Alle paar Meter machten sie einen kleinen Hüpfer, den sie durch einen Abzählreim synchronisierten.

Tajo senkte den Blick und bemerkte nun die unbenutzte Zahnbürste in seiner Hand. Doch noch immer wusste er nicht, wo er Wasser finden konnte. Hatte Nadie nicht gestern aus einer der Hütten zwei Eimer voll geholt? Langsam ging er über den Hof. Er blickte durch das Fenster der ersten kleinen Hütte, an der er vorbeikam: Das war sie nicht, es musste Mayitos Hütte sein. Das Zimmer darin war erstaunlich akkurat eingerichtet: ein perfekt gemachtes Bett, wie in einem Hotel, daneben ein kleiner Tisch mit ordentlich drapierten Heften und Stiften. Gerade wollte er sich abwenden, da fiel ihm noch ein Detail auf: Zwischen dem Bett und der kleinen hellblauen Holzkommode daneben ragte etwas Längliches empor. Er sah noch einmal genauer hin und wich verblüfft einen Schritt zurück, als er erkannte, was es war: ein matt schwarzes Gewehr, das dem aus vergangener Nacht erstaunlich ähnelte. Nein, eigentlich glich es ihm vollkommen, soweit Tajo sich erinnern konnte: Beide hatten diese geschlängelten, genieteten Verzierungen auf den Seiten des Laufes. Er raufte sich kurz sein graues Haar und schloss die Augen. Nein, es war kein Zufall. Doch im Grunde hatte er aufgehört, sich mit diesen Merkwürdigkeiten zu lange aufzuhalten, also trat er langsam einige Schritte zurück und steuerte wie unter Hypnose wieder auf das große Schulgebäude zu, auf dessen kurzer Außenseite er nun ein Waschbecken entdeckte.

Dort angekommen, wusch er sich mehrmals mit dem eisigen Wasser das Gesicht, benetzte pedantisch seine Schläfen und Handgelenke, um sicherzugehen, dass er nun wirklich wach war, und traf anschließend die restlichen Vorbereitungen, um seinen Weg fortzusetzen. Das Medikament hatte gewirkt, die Schmerzen hatten nachgelassen, doch in seiner Brust machte sich jetzt ein etwas betäubtes Gefühl breit. Er schob sein Rad über das Schulgelände und schloss mit einem letzten Blick zurück das Tor des Zaunes. Napoleon und Caesar hatten ihn noch schwanzwedelnd über den Hof begleitet und bellten ihn freudig zum Abschied an. Dann stieg er auf sein Rad und fuhr langsam die Straße hinauf, in die entgegengesetzte Richtung von Mayito und Nadie – er hatte den Rest des Berges noch vor sich.

ZWÖLF

Anden, Peru, August 2015

Die Straße schlängelte sich in Serpentinen höher und höher in Richtung der Andengipfel. Nur selten kam Tajo ein Fahrzeug entgegen, und nur ab und zu wurde er von einem hupenden Truck überholt. Nebelschwaden und Wolken im Tal umspielten die Bergkuppen, die keine Ecken und Kanten hatten, sondern vom Meer geglätteten Sandburgen glichen. Rosa-Blau flimmerten sie im fahlen Licht der Sonne, die es zu dieser Jahreszeit kaum sieben Handbreit über den Horizont schaffte.

Doch mit Einbruch des Abends verlor auch dieser Tag seinen Zauber und erinnerte Tajo erneut unbarmherzig daran, wie man hier oben den schroffen Bedingungen der Nacht ausgeliefert sein konnte. Die Kälte der Straße hatte sich mit ihren frostigen Fingern bereits ihren Weg tief in ihn hinein gesucht. Seit Kilometern war keine Hütte oder wenigstens ein Unterstand aufgetaucht, der ihm ein wenig vor den eisigen Bergwinden Schutz hätte bieten können. Doch noch hatte er etwas Hoffnung, die Nacht nicht in einem klammen Zelt verbringen zu müssen und fuhr noch Kurve um Kurve in stiller Erwartung eines warmen Unterschlupfs. Und tatsächlich, nach einigen weiteren zähen Minuten hörte er in der Ferne Hundegebell und sah einen Feuerschein am Himmel glimmen.

Aus seiner Trance gerissen, in die er mit laufender Nase im Rhythmus seines Pedaltritts verfallen war, schreckte er auf und ging wie ein Marathonläufer an seine letzten Reserven, um den verheißungsvollen Ort so schnell wie möglich zu erreichen. Hinter der nächsten Kurve tauchte dann endlich eine Steinhütte auf, die der Beschilderung nach eine Art Imbiss war. In diesem Moment glich sie Tajo jedoch einem Tempel, einer Oase im Nirgendwo. Fast schon triumphierend legte er die letzten Meter zurück, fuhr dann auf den Hof, lehnte sein Rad zeremoniell an das dicke Gemäuer neben die offenstehende Tür und betrat dann erleichtert das Haus. Der Innenraum war wie viele andere Gasthäuser dieser Region aufgebaut: nur mit ein paar massiven Bänken und Tischen bestückt, die Wände kahl und lediglich beleuchtet von ein paar Neonröhren an den Decken, die kaltes, weißes Licht spendeten. Die einzigen Gäste waren ein paar Teenager, die sich an einem Tisch neben der Theke tummelten. Sie waren in ein offenbar sehr mitreißendes Kartenspiel vertieft – jedenfalls spielten die meisten von ihnen im Stehen, wobei sie mit johlenden Ausrufen die Karten auf den Tisch knallten.

Neben ihnen lagen mehrere Hunde auf- und übereinander und schliefen seelenruhig, unbeeindruckt von dem Trubel um sie herum. Hinter der Theke stand ein Mädchen und säuberte ausgiebig einen matt glänzenden Krug. Tajo hob die Hand zum Gruß, das Mädchen nickte ihm kurz zu, und er setzte sich an einen der freien Tische möglichst abseits der Tür, durch die die eisige Luft unbarmherzig in den Raum strömte. Das Mädchen steuerte mit Zettel und Stift bewaffnet auf ihn zu und sagte, als sie seinen Tisch erreicht hatte: „Hi, ich bin Mika, was darf's sein?"

Sie wirkte etwas unbeweglich, da sie sich in Schal, Mütze und eine dicke Winterjacke eingepackt hatte. Sie hatten es wohl aufgegeben, den Raum auf eine annehmbare Temperatur aufzuheizen.

Er bestellte einen heißen Mate-Tee und fragte beiläufig, wo denn ihre Eltern oder sonstige Erwachsene seien, denen das Geschäft gehörte.

„Die haben wir auch schon lange nicht mehr gesehen", antwortete Mika. „Vielleicht kommen sie am Ende des Sommers noch einmal vorbei, wir übernehmen hier die meiste Zeit des Jahres."

Verwundert blickte Tajo sich nochmals um.

„So? Nun gut. Ok, hättet ihr vielleicht noch eine heiße Suppe dazu?"

Mika nickte und ließ ihren Blick weiter auf Tajo ruhen, als wüsste sie, dass dies noch nicht alles gewesen sein konnte. Tajo pustete in seine Hände vor seinem Gesicht, lächelte und sagte: „Ja, und du hast mich wohl bereits durchschaut: Hättet ihr vielleicht eine Ecke, in der ich heute Nacht mein Lager aufschlagen könnte? Ein kleiner Platz auf dem Boden hier würde mir schon reichen."

Mika nickte zufrieden, antwortete: „Klar, kein Problem, wenn dir die Kälte nichts ausmacht. Der Mate kommt sofort!", und ging zurück zur Theke.

Tajo vergrub derweil seine Hände in den Hosentaschen und beobachtete das Treiben von Mika und den anderen Jugendlichen. So wie sich Mika ihnen gegenüber verhielt, schien sie hier das Sagen zu haben. Inzwischen war die Truppe aufgestanden und streunte mit den Hunden durch und um das Haus, wahrscheinlich um sich aufzuwärmen, mutmaßte Tajo. Die Türen waren weiterhin durchgehend geöffnet, der Raum blieb eisig. Er bestellte einen Mate-Tee nach dem nächsten und probierte auch die anderen heißen, etwas bitter schmeckenden Getränke, die Mika ihm unaufgefordert brachte. Seine Füße blieben zwar dauerhaft kalt, doch die Getränke entfalteten ihre Wirkung, wie kleine wohltuende Nadelstiche in seinen Lungen und kleine glühende Feuerherde in seinem Magen. Irgendwann spürte er, wie sich diese kleinen Hitzeblasen langsam auch in Richtung seines Kopfes vorarbeiteten. Ihm wurde es dort nun nicht nur wohlig warm, auch seine Sinne nahmen nach und nach einen irgendwie amorphen Zustand ein. Geräusche, Bilder, Gerüche und die kalte Luft an seiner Haut schmolzen zu einem wabernden Gesamtbild zusammen. Er nahm alles intensiver, bunter, näher, formloser, manches schneller und vieles extrem verlangsamt wahr. Zu seiner eigenen Verwunderung besorgte ihn dieser Zustand keineswegs – im Gegenteil, auf beschwingte Art bewegte er seinen Kopf selig zu der Musik, die aus einem Radio an der Theke kam, in Erwartung, was da noch so kommen möge.

Den herumirrenden Teenagern schien es ähnlich zu gehen: Etwas planlos und in teils merkwürdigen Posen drehten sie noch immer ihre Runden, mit den Hunden im Schlepptau. Doch allmählich veränderte sich etwas. Nach und nach sammelten sich alle draußen im Vorhof, wo ein Haufen alter Autoreifen lichterloh brannte und jetzt von den Teenagern unter johlendem Wolfsgeheul mit allem möglichen Tand geschürt wurde. Auch Tajo merkte, wie es ihn langsam dorthin zog, wie auf einem Fließband stehend. Die Jungen und Mädchen tanzten ausgelassen um das Feuer herum und hatten merkwürdige Tiermasken auf – so erinnerte sich Tajo jedenfalls später vage. Wolfsmützen, Adlerfedern, Panterohren, Bärentatzen, jeder schien in eine andere Rolle geschlüpft zu sein und heulte, fauchte, zischte mit den umher hopsenden Hunden um und über das Feuer.

Zu der angenehmen Gleichgültigkeit mischte sich nun langsam ein Gefühl, das er unter normalen Umständen als Anflug von Panik gedeutet hätte. Er kannte das Gefühl, doch löste es eine völlig andere Reaktion als erwartet in ihm aus – es erschien ihm von sich selbst abgekapselt, als würde er plötzlich einen kratzigen Pullover tragen; irgendwie störend, aber ein handhabbares Problem. Zu seinem mäßigen Erstaunen sah er sich auf einmal gleichzeitig in zwei unterschiedlichen Positionen: einmal als neben dem Feuer stehender Beobachter und dann noch einmal hoch oben, mit ausgebreiteten Flügeln über dem Feuer gleitend. Kurz schaute er nach rechts und links: Ja, tatsächlich, statt Armen hatte er eng befiederte Flügel. Er wunderte sich aber weiterhin nicht darüber, es fühlte sich ganz natürlich und selbstverständlich an.

Wie merkwürdig klein die anderen Tiere von hier oben wirken, dachte er noch, worauf er feststellte, dass die eben noch umhertollenden Hunde nun eine mehr und mehr menschliche Gestalt angenommen hatten und nun braune Parka-Jacken trugen. Das panische Gefühl wurde plötzlich doch real – erschrocken tat Tajo einige Flügelschläge, um an Höhe zu gewinnen. Er wollte etwas rufen, um die anderen Tiere zu warnen, doch statt seiner Rufe ertönte ein gellender Vogelschrei aus seiner tiefsten Kehle. Nun erblickten auch die jugendlichen Wölfe, Bären, Löwen und Tiger die Gestalten und jagten sie mit lautem Schreien davon, hinfort in die Finsternis.

Verschreckt und machtlos war Tajo noch höher geflogen und sah den Geschehnissen von dort aus zu. Noch einige Male versuchte er, Worte herauszubringen, doch es blieb bei einem fragilen Krächzen. Er schloss die Augen, und nach und nach kam er wieder zu sich. Wo auch immer er gewesen war, jetzt befand er sich unweit des Feuers und erst, als er merkte, wie sehr sein Gesicht glühte, trat er ein paar Schritte zurück. Auch die Jugendlichen, die im Umkreis des Feuers verteilt standen, schienen sich langsam wieder ihrer eigentlichen Gestalt zu besinnen und bewegten und benahmen sich wieder wie menschliche Wesen.

Die verscheuchten Hunde lagen etwas beleidigt, aber auch irgendwie gelangweilt einige Meter außerhalb der Gruppe. Angezogen von der Wärme fanden sich nun alle zu einem dichten Kreis um das Feuer herum zusammen und hielten ihre Handflächen der flackernden Hitze entgegen. Auch Tajo mischte sich dazu und sie begannen, wie ein angeregtes Pendel als eine homogene Masse hin und her zu wiegen, und wie von selbst machte auch er mit. Die Arme gegenseitig verhakt, stimmten sie summend eine Art Mantra an und tauchten ab in eine Parallelwelt, die nur für diesen einen Moment existierte. Hier herrschten gleichzeitig Stille und das tiefste Grundrauschen der Ewigkeit eines Augenblicks. Dieser hielt an, bis das Feuer niederbrannte und nur noch die Sterne mit ihrem Licht aus Millionen Kilometern Entfernung den Gesichtern einen weißen Glanz verliehen. Nach und nach platzten dann die Traumhüllen, in denen sie sich befanden, wie mit Rauch gefüllte Seifenblasen und verzogen sich langsam in das Schwarz der Nacht.

Es herrschte Stille.

Aus der Ferne ein Fauchen, ein Knacken aus dem Feuer. Die Sterne taten sich zu neuen Mustern zusammen, bildeten Formen von Bergen und Feldern und waberten bunt vor Tajos Augen hin und her. So verging eine Zeit, Minuten oder Stunden, er vermochte es nicht zu sagen. Irgendwann verzogen sich die giggelnden Teenager nacheinander, um der Kälte zu entkommen, und auch Tajo suchte sich unerklärlich amüsiert in dem eisigen Restaurantbereich eine Ecke, in der er sich in den Kokon seines Schlafsacks zurückziehen konnte.

Er schlief schnell und tief. Schlief wie ein Koala, etwas betäubt, und mit hyperrealen Träumen. In einem fand er sich reitend auf einem gigantischen Vogel wieder – ein Kondor, soweit Tajo es erkennen konnte. Nach links und rechts blickend entdeckte er weitere Vögel dieser Art: Sie zogen parallel neben ihm her und ahmten jede Bewegung des Leitvogels nach, auf dem er sich befand, als wären sie zusammen eine starre Figur auf einer Ebene, die sich nur um einen Punkt drehen oder kippen konnte. Vorsichtig wandte er einen Blick über seine Schulter und erschrak: hinter ihm tobte ein gigantisches Unwetter mit pechschwarzen Wolken, in denen sich gleißend helle Blitze unter ohrenbetäubendem Donnern entluden. Unter den Wolken sah er ein glühendes Inferno, wie ein völlig aus der Kontrolle geratener Waldbrand. Unter dem Donnern und Krachen einstürzender Baumriesen erhob sich eine Wolke kleiner Punkte aus dem Glutherd: Ein gigantischer Schwarm von insektenartigen Tieren bewegte sich langsam in Richtung seines Fluggeschwaders. Verängstigt richtete er seinen Blick wieder abwärts: Dort sah er nun ein nicht enden wollendes Feld aus mannshohem Weidegras, das unter aufpeitschenden Windböen hin und her schaukelte. Plötzlich rasten aus der Gewitterwolke zwei sprühend glühende Punkte wie entzündete Zündschnüre hervor und bahnten sich ihren Weg durch das Gras unter Tajo hinweg. Hinter den Funken sprühenden Punkten jagten bewaffnete Männer her, deren Köpfe im Vergleich zu ihren Körpern viel zu groß waren; und auch ihre Bewegungen waren merkwürdig: Sie liefen nicht, sondern glitten wie auf Schienen.

Die Kondore wurden unruhig und die Vögel schlugen Haken, als ob sie am Boden etwas suchen würden. Als die beiden glühenden Punkte sich schließlich kurz vor dem Ende des Feldes vereinten, stieß der Kondor, auf dem Tajo saß, einen lauten Schrei aus, durch den Tajo schockartig aufwachte.

Mit weit aufgerissenen Augen richtete er sich auf und blickte sich panisch um, um seine Orientierung wiederzuerlangen. Er lag auf einem Tisch des Restaurants, umringt von einigen Hunden, die ihn interessiert ansahen.

Ein Hahn krähte zum zweiten Mal.

In hastiger Bewegung wischte Tajo sich die Schweißperlen von der Stirn. Aus der Küche nebenan hörte er das Klirren von Tassen und das Klackern von Kochtöpfen. Im nächsten Moment erschien Mikas rundes Gesicht neben einem der Türpfosten. Sie wirkte hellwach und trug ihre kinnlangen Haare zu einem Zopf gebunden.

„Kaffee?", fragte sie mit wacher und gut gelaunter Stimme. Tajo nickte, rieb sich die Augen und sah müde und irgendwie erleichtert aus dem Fenster.

„Mika?", rief er dann etwas verwirrt in Richtung Küche. Ein leises „Mhm" drang zurück durch die Tür.

„Was genau war da los, gestern Nacht?"

„20. Juni – Sommersonnenwende", kam es selbstverständlich und mit etwas vorwurfsvoll fragendem Unterton zurück. Halb zu sich selbst hauchte Tajo ein ungläubiges „Natürlich", atmete tief aus und blickte aus dem beschlagenen kleinen Fenster neben der Tür hinaus. Draußen im Innenhof sonderten die Reste der verkohlten Reifen noch immer ihre schwarzen Rußschwaden ab.

DREIZEHN

Die nächsten Tage und Wochen seiner Reise führten Tajo über die Berge und durch die Wälder Perus, unter blauen Himmeln und schützendem Schilf, vorbei an Alpakas und schlecht genährten Rinderherden und durch Wüsten mit knorrigen Baumgerippen. Tagsüber war die Sonne sein treuer Begleiter und für die Nächte fand er mal ein friedliches Plätzchen zwischen grasenden Alpakas und mal Unterschlupf bei einem der wenigen Bewohner der verlassenen Gegenden. Meistens schlug er sein Zelt jedoch spätabends, ungesehen hinter ein paar Büschen oder Felsbrocken auf und ließ sich von der Morgensonne in der Frühe von einem vielversprechenden neuen Tag überzeugen.

Dicht besiedelte Gebiete versuchte er so gut es ging zu vermeiden, denn er war wieder so sehr in seinem Element, dass er keinen sonderlichen Drang nach anderen Menschen verspürte. Lieber ließ er sich von dem Fluss treiben, der sich aus ihm, der Straße und den Landschaften ergab. Beseelt und in einem friedlichen Trott durchquerte er so das Land und war dann beinahe überrascht, als die Grenze Kolumbiens am Ende der Straße auftauchte. Etwas ungläubig machte er in Sichtweite des kleinen Grenzhäuschens Halt, in Erwartung irgendeiner Gefühlsregung.

Doch trotz all der Jahre, in denen er so oft an diesen Augenblick gedacht hatte, war es doch nur eine weitere Straße, die er vor sich sah, und wie immer verblieb das, was hinter dem flimmernden Horizont lag, im Verborgenen.

Also sattelte er wieder auf und ließ mit einer behaglichen Gleichmütigkeit sein Rad auf die Schranke zurollen. Die Sonne stand beinahe im Zenit des Himmels und erstickte allen Übermut im Keim ihrer sengenden Mittagshitze. Somit zeigte auch der Grenzbeamte in seiner blechernen Hütte kein sonderliches Interesse an Tajo und ließ ihn nach kurzem Blick in seinen Pass passieren. Keine fünf Minuten hatte es gebraucht, um die Grenze zu überqueren. Jene fünf Minuten, vor denen Tajo sich seit Jahren gefürchtet hatte, waren abgehandelt mit einem müden Fingerwisch.

Ungläubig blieb er ein paar Meter hinter dem Grenzhäuschen stehen, um zu verstehen, was passiert war: Er war tatsächlich zurück in seinem Heimatland. Dennoch musste er feststellen, dass es sich auf heimtückische Art kaum normaler anfühlen konnte.

Die darauffolgenden Tage verliefen wie gewohnt: Es war ein Alltag mit wiederkehrenden Routinen und Abläufen. Auch das beklemmende Gefühl, von dem er befürchtet hatte, dass es sich hier wieder einschleichen würde, blieb aus.

Er ahnte bereits, dass dies nur eine Art Schonfrist sein konnte und war somit nur mäßig überrascht, als schließlich doch der Tag kam, an dem der Wind drehte und sich nicht nur das Wetter gegen ihn wandte.

Eigentlich war er an diesem Morgen guter Dinge gewesen, hatte seinen kleinen Stoffbeutel mit frischen Avocados gefüllt, die er am Wegesrand gepflückt hatte, und den kühlen Rückenwind genutzt, um zügig einen lang gezogenen Pass zu überqueren. Der Wind hatte sich bereits am Tag zuvor durch einige sture trockene Böen angekündigt, die ihn nun hier auf der schnurgeraden, verlassenen Straße vor sich hertrieben wie ein kleines Papierschiffchen.

Durch die angenehme Monotonie war Tajo so vertieft in seine Gedanken, dass er erst nach einer Weile die wiederkehrenden Lichtblitze bemerkte, die ihm aus den Büschen am Fuße des seitlichen Abhangs ins Auge sprangen. Er schenkte ihnen zunächst keine sonderliche Beachtung, aber nachdem sie ihm einige Minuten wie eine penetrante Erinnerungsstütze angefunkelt hatten, stoppte er schließlich doch sein Rad, hielt sich die Hand schützend über die Augen und spähte gegen die Sonne in Richtung der Lichtquelle.

Die Büsche weiter unten wuchsen dicht und mit knorrigen Ästen, sodass man kaum einen Meter in das Dickicht hineinblicken konnte. Einige Zeit starrte er dorthin, doch er erkannte nichts außer finsteren Blättern vor pechschwarzem Hintergrund. Er ärgerte sich bereits, dass er sich diesem Hirngespinst hingegeben hatte.

Doch gerade als er sich wieder umdrehen wollte, erkannte er hinter schwungvoll gewachsenen Stämmen schemenhaft eine Gestalt, die offenbar einen Gegenstand vor ihr Gesicht hielt. Ein Fernglas vielleicht? Genau konnte er es nicht erkennen. Doch nun schien der Schatten ihn auch bemerkt zu haben: Die Gestalt senkte den Gegenstand und verschwand langsam und in gleitender Bewegung in das Unterholz, gerade so, als ob sie davon verschluckt würde.

„Halt!", schrie Tajo noch hinterher, doch es nutzte nichts.

Verunsichert fuhr er weiter und ließ seinen Blick immer wieder über die rechte Schulter hinab in das Dickicht schweifen, das nun immer näher an seinen Pfad heranwuchs.

Wieder und wieder hörte er jetzt ein Rascheln und Knacken im Geäst – eigentlich nichts Ungewöhnliches, es konnte sich ebenso gut um ein Tier handeln. Doch seine Wachsamkeit war instinktiv erhöht und jedes Geräusch betätigte sein inneres Alarmsystem. Während er weiterfuhr, durchstreifte er mit seinen Blicken permanent den mannshohen Wuchs, der immer noch so dicht verästelt und belaubt war, dass es schien, als blicke man vor eine Wand. Er konnte weiterhin nichts und niemanden entdecken, doch das Rascheln und Knacken wurde inzwischen deutlich lauter. Die Quelle musste sich genau parallel zu ihm fortbewegen. Als sich das Geäst für ein paar Meter etwas lichtete, erkannte er wieder diesen Schatten, eine

Gestalt, die neben ihm durch das Unterholz lief und ihn dabei unverhohlen anblickte. Er erschrak und hielt an. Doch schon war sie wieder verschwunden. Tajo stand nun neben seinem Rad, machte sich groß, bückte sich, wog seinen Oberkörper von links nach rechts, doch aus keiner Perspektive konnte er etwas erkennen. Wieder zweifelte er für einen Augenblick an seinen Sinnen.

Verunsichert rief er dann in Richtung des Unterholzes: „Wer ist da?"

Einige Momente verstrichen, doch es kam keine Antwort, das Rascheln war verstummt. Er rief erneut: „Was willst du?"

Noch immer kam keine Antwort, doch nun folgte zumindest eine Reaktion in Form erneuter Lichtblitze. Ihm wurde es zu viel. Er ließ sein Rad samt Gepäck am Wegesrand liegen und lief so schnell er konnte zur Quelle der Lichter, den Abhang neben dem Weg hinunter, hinein in das kaum zu durchdringende Schwarz der Äste. Das Rascheln und Knacken nahm wieder Fahrt auf, bewegte sich jetzt fluchtartig von ihm weg. So schnell er konnte, nahm er die Verfolgung auf. Es wurde lauter, ihr Abstand verringerte sich offenbar. Er erkannte den Schatten wieder, die Gestalt war nicht mehr weit entfernt, vielleicht zehn oder zwanzig Meter. Doch durch das Unterholz war der Blick immer wieder versperrt, bis sich nach ein paar hundert Metern der Wald für eine kleine Strecke lichtete. Als er das freie Feld erreicht hatte, sah er gerade noch, wie ein im braunen Parka gekleideter Mann auf der anderen Seite der Lichtung in das Unterholz verschwand. Tajo hastete hinterher und tauchte auf der anderen Seite wieder in das Gestrüpp ein. Doch plötzlich wurde es schlagartig dunkel vor seinen Augen und ein dumpfer grässlicher Schmerz durchfuhr ihn: Irgendetwas Stumpfes hatte ihn mit voller Wucht an seiner linken Schläfe getroffen. Der Schlag kam so unvermittelt, dass er vor Schock vergaß zu schreien; alles, was ihm blieb, war, sich dem Schmerz zu ergeben.

Eine kurze Zeit war er umgeben von vollkommener Stille. Er versuchte die Augen zu öffnen, doch es gelang ihm nicht, sein Blickfeld war eine einzige undurchdringbare Finsternis. Es war, als ob plötzlich ein trügerischer Frieden eingekehrt war. Der Schmerz war noch da, doch er war mehr wie ein fernes Echo, das seinen schwerelosen Körper umhüllte. Seine Hände weit von sich gestreckt, fühlte er den trockenen, grobkörnigen Waldboden. Er ließ etwas davon durch seine Finger rieseln. Vor seinem inneren Auge bemerkte er nun in der Ferne schemenhaft den Umriss eines Jungen. Es war Sankara. Er sah, wie er mit ihm an der Hand durch das peitschende Gras lief, hin zu dem Ende des Feldes, das durch einen mit Stacheldraht gekrönten Zaun von dem dahinter liegenden Waldstück getrennt war. In der Ferne die Stimmen, das unerträgliche Knallen.

Panisch öffnete er seine Augen, versuchte mühsam, sich zu orientieren, schaute benommen nach oben und stöhnte: Diesen wuchtigen Ast musste er übersehen haben.

Er fühlte an seine linke Schläfe, die Stelle seiner vernarbten alten Verletzung: Sie pochte heftig, wie ein heiß gelaufenes Uhrwerk, dessen Taktgeber versagt. Auf seine rechte Hand abgestützt, saß er vornübergebeugt auf dem trockenen Waldboden. Ein paar Minuten verstrichen, da hörte er erneut das Rascheln, die Schritte und das Knacken von Ästen, als ob es nur darauf gewartet hatte, bis er sich wieder berappelte.

„Eine verdammte Falle", dachte Tajo noch. Doch trotzdem taumelte er wieder hinterher, schwankend wie ein Betrunkener, hangelnd von Ast zu Ast. Dann endlich kam das Ende des Waldes in Sichtweite. Er kämpfte sich weiter an den Schatten heran, der ihn wie in Trance hinter sich herzog. Als sie den Waldrand fast erreicht hatten, wurde das Rascheln plötzlich lauter. Tajo blieb kurz stehen und blickte angestrengt aus dem Wald hinaus, die rechte Hand weit von sich gestreckt, geblendet von der gleißenden Helligkeit hinter der letzten Baumreihe – da verfinsterte sich erneut sein Blickfeld: Eine Wolke aus tausenden von Vögeln erhob sich tosend aus den umliegenden Bäumen und stob aufgeschreckt und fluchtartig über seinen Kopf aus dem Wald hinaus. Der Lärm war überwältigend. Er erstarrte zitternd und in gekrümmter Haltung und presste seine Hände an die Ohren.

Nach einer gefühlten Ewigkeit war der Schwarm endlich vollständig abgezogen, die Bäume und Büsche bebten noch einige Zeit, es wirkte, als hätten sie mit größter Anstrengung einen Parasiten abgeschüttelt. Die erneute plötzliche Stille war ebenso beklemmend wie der vorangegangene Lärm. Vorsichtig geduckt trat Tajo ins Freie und blickte sich eingeschüchtert und verunsichert um: Von der schon fast vergessenen Gestalt war keine Spur zu sehen – sie war verschwunden.

Am Himmel zog der Vogelschwarm jetzt in einer pechschwarzen Choreografie in Richtung Südwesten und verdunkelte für einen Augenblick die schon tief stehende Sonne. Erbost blickte Tajo ihnen hinterher.

„Ihr fliegt in die falsche Richtung!", hörte er es plötzlich aus sich herausplatzen. Etwas in ihm zerbrach. Er sank auf die Knie und fing unwillkürlich an zu schluchzen. Elendig zog er sich zu einem Minimum seiner selbst zusammen. Das Gesicht unter seinen Händen begraben blieb er einige Minuten so, erstarrt und ohne Gefühl für Zeit und Raum zur Essenz jahrelanger Verdrängung.

Irgendwann ließ es nach und er erhob langsam seinen Blick wie erwacht aus einer Amnesie.

Er fühlte sich miserabel. Mit flackernden Augen sah er an sich herab. Seine Haut war zerschürft, seine Klamotten zerfetzt. Er war schweißgebadet, sein Kopf pulsierte, und er spürte, wie sich aus seinem Schädel eine schmerzende Beule ausbuchtete. Wie ein geknechteter Hund sah er sich um: Er stand wieder an gleicher Stelle des Hanges, von dem er losgehechtet war – er war im Kreis gelaufen.

Mühsam zwang er sich hinauf, und als er wieder oben auf dem brüchigen Asphalt stand, sah er sein Fahrrad nicht weit entfernt vor einem kleinen Erdwall liegen. Sein Brustkorb hob und senkte sich, als hätte er einen Marathon hinter sich. Erschöpft und entmutigt schleppte er sich die letzten Meter zu seinem Gefährt.

Doch kurz bevor er bei seinem Rad ankam, zuckte er in sich zusammen: Gleich neben seinem Fahrrad lag ein Mann, oder, genauer gesagt, ein Mönch, der braunen Kutte nach zu urteilen. Entspannt und wie selbstverständlich räkelte er sich dort in der Sonne, abgestützt auf seine Ellenbogen. Neben ihm stand ein Korb, dessen Inhalt mit einem graubraunen Leinentuch bedeckt war. Es war definitiv nicht der Mann, der Tajo verfolgt hatte – mit dieser Kutte hätte er sich niemals so schnell durch das Unterholz schlagen können. Der Mönch grinste ihn an: Er hatte Tajos Tasche mit Avocados neben sich liegen und verspeiste gerade eine davon genüsslich.

„Noch nicht ganz reif, aber der Biss gibt dem ganzen noch das gewisse Etwas, findest du nicht?", sagte er schmatzend.

Verdutzt und mit geöffnetem Mund starrte Tajo den Mönch an. Er bekam kaum ein Wort heraus.

„Ich … ähm", stammelte er, noch immer außer Atem. Er spürte einen Druck auf den Ohren, als ob er zu schnell in ein Tal gefahren wäre. Reflexhaft hielt er sich die Nase zu und versuchte einen Druckausgleich – ohne Erfolg. Am Horizont zogen Wolken auf. Mit besorgter Miene betrachtete der Mönch zuerst den sich langsam verdunkelnden Himmel und dann Tajos desolaten Zustand.

„Das war nicht ganz dein Tag bisher, was?"

Die Wolken beanspruchten allmählich den Himmel ganz für sich. Der Mönch richtete seinen Oberkörper auf und sagte: „Sag, bist du nicht bereit für eine Pause? Es wird dunkel und es sieht nicht so aus, als würde das Ganze sich bald verziehen."

Etwas beiläufig deutete er in Richtung des Himmels.

„Ich wohne in einem kleinen Kloster hier in der Nähe und wir könnten etwas Hilfe bei der Ernte gebrauchen. Du könntest ein paar Tage bei uns unterkommen, bis unsere gepriesene Sonne sich entschieden hat, zu uns zurückzukehren. Dann schauen wir weiter, was sagst du?"

Tajo hatte sich noch immer nicht gesammelt, kratzte sich am Kopf und gab sich der Situation geschlagen.

„Eure gepriesene Sonne?", fragte er dann und setzte ein schmales Lächeln auf. Allmählich fand er sich mit den Merkwürdigkeiten ab, die ihn verfolgten. Der Mönch zwinkerte ihm zu und sagte: „Nicht, dass ein falscher Eindruck entsteht, soweit ich weiß, betete keiner von uns zur Sonne, aber dass wir ihr alle etwas Dankbarkeit entgegenbringen können, daran besteht kein Zweifel, nicht wahr?"

Tajo atmete zur Bestätigung laut durch die Nase aus. Mönche, Kloster, Religion, all das war für ihn nie sonderlich von Interesse gewesen, und auf den letzten Metern damit anzufangen, das lohnt sich nun auch nicht, dachte er bei sich. Doch nach einem Blick in den Himmel und in Anbetracht seines Zustands zog er es vor, das Angebot anzunehmen und sich fürs Erste in eine sichere Bleibe zurückzuziehen. Zu dieser Jahreszeit konnte die nasse Dunkelheit äußerst hartnäckig sein, also schlug er ein.

„Ihr habt recht, eine kleine Pause ist vielleicht wirklich nicht die schlechteste Idee. Ich komme mit."

Er schnallte den Korb des Mönchs, der mit lilafarbenen Kartoffeln gefüllt war, auf sein Fahrrad, und fragte dann: „Wie ist euer Name?"

„Jesús", antwortete dieser. Etwas ungläubig sah Tajo ihn an, klappte den Ständer seines Rades ein und sagte: „Jesús. Es ist mir eine Ehre. Ich heiße Tajo."

VIERZEHN

Über ihren Köpfen schrie ein Kondor, Jesús und Tajo blickten ihm hinterher und folgten in simultaner Kopfbewegung der Flugbahn des majestätischen Vogels. Er beschrieb eine auf der Seite liegende Acht, dann stürzte er hinab, um lautlos seine erspähte Beute zu ergreifen.

Tajo sah zu Jesús, der wies in flüchtiger Bewegung mit dem Zeigefinger auf die verkrustete Straße. Sie nickten sich zu und schritten schweigend voran.

Nach einer Weile bogen sie auf einen holprigen Weg ab. Tajo hatte Mühe, sein Rad über die von Findlingen übersäten Furchen zu schieben. Jesús hingegen schlenderte gemächlich hinter ihm her, schnupperte hier und da an einer Blüte oder sah einem davonflatternden Schmetterling nach.

Tajo warf einen verächtlichen Blick auf den schweren Korb auf seinem Gepäckträger und fragte: „Was hat es eigentlich mit den Kartoffeln auf sich, die wir hier transportieren?"

Jesús reagierte nicht sofort – er hatte seine ausgestreckten Handflächen über das hüfthohe Gras gleiten lassen und war sichtlich vergnügt über das sanfte Kitzeln. Aus dieser Beschäftigung gerissen, antwortete er: „Hm? Ach so ja, die habe ich von einem befreundeten Kloster, es liegt ein paar Kilometer dort hinten irgendwo."

Vage wedelte er mit seiner Hand in eine unbestimmte Richtung.

„Wir haben bei uns ein kleines Kartoffel-Konservatorium, momentan liegen wir bei etwas um die fünfzig Sorten. Diese hier hatten wir noch nicht. Lila und knollig."

Er kicherte über sich selbst und machte eine Kunstpause. Tajo erwartete noch eine nähere Erklärung, doch stattdessen sagte er: „Schau, da vorn liegt unser Ziel."

Sie näherten sich einer Gebirgskette: Mehrere kuppelförmige Berge reihten sich dort mit kleinen Übergängen aneinander. Der Gebäudekomplex, auf den sie sich zubewegten, schmiegte sich an den Fuße des nächstgelegenen Berges. Oberhalb des Klosters verlief ein steiler Hang, der gute hundert Meter hinauf ragte, bevor er durch ein ebenes Plateau unterbrochen wurde. Diese Kulisse verlieh dem Kloster eine erhabene, fast Furcht einflößende Atmosphäre, die den Blick wie in einer Kirche automatisch nach oben zog. Rings um das Kloster war eine Vielzahl von terrassenartigen Ackerbauflächen angelegt, auf denen vereinzelt Mönche hockten oder knieten, um den Boden mit archaisch anmutenden Werkzeugen zu bearbeiten.

Das Bauwerk schien schon Jahrhunderte alt zu sein. Das Mauerwerk machte einen maroden Eindruck, Risse durchzogen die Wände und einige der Dachziegel waren zerbrochen oder fehlten komplett.

Jesús bemerkte Tajos staunende Blicke und sagte: „Kolumbus hat ganze Arbeit geleistet."

Tajo sah ihn fragend an.

„Kurz nachdem die Spanier unsere Vorfahren ordentlich dezimiert hatten, bauten sie unter anderem dieses Kloster hier. Ob es ihnen dadurch jetzt besser geht, da oben? Hier unten haben sie ihr Gewissen scheinbar einigermaßen besänftigen können, sie haben sich jedenfalls alle Mühe gegeben."

Sie näherten sich den Terrassen, die das Kloster umgaben. Einige Mönche arbeiteten auf den Feldern, legten Furchen an, besserten Bewässerungsgräben aus oder beschnitten behutsam die Sprösslinge. Doch eines passte nicht so recht ins Bild: Eine einheitliche Kleidung schien es nicht zu geben, die Gewänder der Mönche hatten die verschiedensten Farben und Formen.

„Was haben …?", sagte Tajo, unterbrach seine Frage jedoch, als er merkte, dass Jesús auf einmal einige Meter voraus war – plötzlich schien er es eilig zu haben.

Er eilte hinter ihm her und zusammen durchschritten sie den großen Torbogen, der durch die äußere Mauer des Klosterareals führte. Der Mauerbogen war mit roten trompetenförmigen Blüten der Cantutablume umrahmt – von Weitem hatte es gewirkt, als stünde der Bogen in Flammen. Wie langgezogene Kelche schienen sie nun ihre Hälse nach Tajo zu recken, um den Neuankömmling zu beschnuppern. Im Innenhof des Klosters angekommen, sah Tajo sich staunend und mit steigender Verwunderung um: Zwischen den vereinzelten Bäumen waren tibetische Gebetsfahnen gespannt, und in einer der Ecken war eine Art Zen-Garten angelegt, in dem eine Buddhastatue thronte. Im Hintergrund war das Klappern von Gebetsmühlen zu hören.

Jesús sah Tajo belustigt an. Mit einem Stirnrunzeln fragte dieser dann: „Was, wen oder wen alles betet ihr hier noch gleich an?"

Jesús antwortete mit einem etwas kindlichen Kichern, als hätte er sich schon länger auf diese Frage gefreut: „Ach, das variiert, rotiert und vermischt sich. Irgendwie wollte sich keiner so recht festlegen, als wir uns hier zusammenfanden und jeder hatte ein paar gute Ideen. Ursprünglich war das hier natürlich mal eine streng katholische Geschichte. Leider hatte das Kloster ein kleines Nachwuchsproblem. Die ältere Generation dünnte langsam aus, und schließlich war nur noch ein einziger junger Mönch übrig, Padre Marin. Er hat damals, mehr oder weniger freiwillig, das Amt des Abtes geerbt. Marin war ein etwas verschlossener Mensch, weltoffen im Denken, aber bedauerlicherweise nicht sehr kontaktfreudig. Mehrere Jahre führte er ein einsames Dasein in diesen Gemäuern. Die ganze Plackerei hier alleine zu stemmen, muss echt hart gewesen sein. Irgendwann fasste er dann doch all seinen Mut zusammen, bepackte seinen Esel Raúl, der über all die Jahre im Grunde sein einziger Gefährte gewesen war, und machte sich auf, zu seiner ersten missionarischen Reise, um neue Jünger für diesen Ort und natürlich seinen Herrn zu finden." Jesús blickte gen Himmel und wies lässig mit beiden Zeigefingern nach oben.

„Dummerweise war er ziemlich planlos, wo er damit beginnen sollte – sein Einsiedlertum hatten ihn selten mehr als ein paar Kilometer fort von hier geführt. Das ganze Missionieren, mit seinem Suchen und Finden, Überzeugen und Vereinnahmen bereitete ihm auch keine wirkliche Freude, wie er schnell feststellte: Mönch werden in dieser modernen Welt – da musste man schon gute Argumente liefern. Noch dazu hallten ihm stets die Worte seines Vorgängers durch den Kopf. Jesús erhob seine Stimme und verlieh ihr ein erhabenes Tremolo.

„*Früher war das Mönchsein doch irgendwie einfacher. Entweder du wusstest viel und warst demütig, da du wusstest, wie viel von der Welt du nicht verstehen kannst und nicht verstehen wirst. Oder du warst etwas einfältig und deshalb ehrfürchtig, da du so wenig von der Welt verstehst und für einfache Erklärungen dankbar bist. Heute bewegt es sich doch irgendwo dazwischen. Aus Halbwissen, Halbwahrheiten und kruden Theorien werden gute Erklärungsansätze von vornherein in den Köpfen erstickt. Vor allem die, die sich auf einen Gott beziehen.*"

Jesús machte eine kurze Pause, in der er die Augen schloss und einen Finger an die Schläfen hielt, als müsse er sich kurz sammeln, dann fuhr er fort: „Ich glaube, Marin hat oft über diese Worte gegrübelt und hatte dadurch trotz seiner Unvoreingenommenheit eine Skepsis allen Menschen gegenüber. Das war jedenfalls mein Eindruck, und ich verüble ihm das nicht."

Ein Mönch mit einer Sense über der Schulter ging an ihnen vorbei und nickte ihnen kurz zu. Jesús nickte zurück und sagte:

„Nun ja, Marin und Raúl sehnten sich jedenfalls schon am zweiten Tag ihrer Mission nach ihrem rustikalen, aber gemütlichen Leben im Klosterhof. Sie hatten bis hierhin noch niemanden angetroffen, dem Marin sein Klosterleben hätte schmackhaft machen können – seine Reise wurde von Tag zu Tag sinnloser.

Umso hoffnungsvoller war er dann, als sie einige Planwagen auf einer sonst verlassenen Straße im Tal entdeckten. Die *Straße*, auf der sie sich befanden, verdiente kaum diese Bezeichnung – vielmehr war es ein staubiger, hügeliger hellgrauer Geröllstreifen im sonst braunen, staubigen Gelände. Die schrillen, zusammengezimmerten Kutschen waren bunt bemalt und wurden von alten Kleppern gezogen. Die Kolonne stand still. Auf dem Fahrersitz des vordersten Gespanns saß ein Mann mit bunten Indianerfedern im Haar, der grimmig über seine Schulter zu den anderen Wagen schaute."

Zur Anschauung verzog Jesús sein Gesicht zu einer überzeichneten, finster dreinschauenden Grimasse.

„Über ihm war ein Banner gespannt mit dem Schriftzug: *Circo Perdido* – der verlorene Zirkus. Und, du ahnst es schon, die Jungs auf den Planwagen, das waren wir."

Er zeigte mit einer Geste über den Klosterhof.

„Wir waren steckengeblieben auf diesem Pfad durchs Nichts, als Marin uns fand. Lange Zeit sind wir mit unserer Show durch die Welt gereist, doch schleichend kamen immer weniger Zuschauer. Wir waren wohl damals schon etwas aus der Zeit gerutscht. Schließlich haben wir uns in diese Gegend verirrt, blieben stecken und, wer weiß, vielleicht war das ja schon Teil eines Plans? Marin kannte sich jedenfalls aus mit festgefahrenen Wagen und gemeinsam zogen wir die

Kutschen aus dem Schlamm. Dann lud er uns zu sich ein, hier in sein Kloster. Entnervt und erschöpft, wie wir waren, nahmen wir das Angebot äußerst dankbar an. Als dann etwas Zeit vergangen war, entschieden wir uns hier zu bleiben und aus unserem Zirkusnamen eine selbsterfüllende Prophezeiung zu machen."

Jesús machte eine Pause. Mit einem Anflug von Wehmut blickte er zum Tor hinaus, durch das man die von seichten Nebelschwaden verhüllten Berge auf der gegenüberliegenden Seite des Klosters sah. Er hob ein Steinchen auf, warf es wieder auf den Boden und sagte mit etwas leiserer Stimme: „Natürlich hatte Marin die Bedingung, dass wir alle zu seinem Glauben übertraten und hier ein frommes christliches Leben führten, wenn wir länger bleiben wollten. Doch durch unser Zirkusleben waren wir mittlerweile weit in der Welt herumgekommen und hatten viele Philosophien und Weltanschauungen erlebt, mit denen wir uns anfreunden konnten.

Meiner Ansicht nach gibt es im Leben eigentlich nur drei Wege: Entweder du wächst über dich hinaus und schaffst etwas, das auch lange nach dir noch Bedeutung hat, oder du wendest dich einer Religion oder sonstigen spirituellen Richtung zu und findest dadurch einen Sinn oder Plan für dein Sein. Oder Numero Drei: Du tust nichts von beidem und lebst dein Leben wie ein Grashalm, freust dich, wenn du ab und zu etwas Wasser und Sonne bekommst und dich die Sense nicht allzu früh erwischt. Da aus dem Zirkus nichts wurde und die Grashalm-Option nicht so mein Ding war, entschied ich, es mal mit der frommen Variante zu versuchen. Wir haben dann viel diskutiert, getrunken, gelacht und gestritten, doch zu einer einheitlichen Lösung kamen wir nie. Marin fehlten letztlich die entscheidenden Argumente, warum wir nun alle ausgerechnet Christen werden sollten.

Also entschieden wir, dass hier jeder die Religion ausleben kann, die er wollte. Und da wir von nun an in einem Kloster lebten, wollten wir das Ganze dann schon mit einer gewissen Ernsthaftigkeit versuchen. Es gibt eine ziemlich umfassende Bibliothek hier, für das nötige Knowhow sozusagen. Da jetzt aber jeder die Vorzüge der verschiedenen Religionen bei den anderen erleben konnte, konvertierten immer wieder die einen zur anderen und die nächsten zur übernächsten. Das passiert auch manchmal von einem auf den anderen Tag. Irgendwann werden wir uns schon einigen, dachten wir. Das ist jetzt sieben Jahre her. Vielleicht sollten wir den Punkt mit der Ernsthaftigkeit noch einmal überdenken", sagte Jesús und zuckte mit den Schultern.

Tajo schwieg, es hätte so viele Fragen gegeben, aber am Ende bliebe doch alles ungeklärt. Über ihnen klapperte etwas und ein Fenster öffnete sich in dem Gemäuer über ihren Köpfen. Ein etwas älterer Mönch blickte skeptisch heraus: erst in die Ferne, dann in den Hof und blieb dann schließlich mit seinem Blick bei Tajo hängen, worauf seine Mundwinkel ein Lächeln formten.

„Das ist Marin", flüsterte Jesús Tajo zu, wandte sich zum Fenster und rief: „Hey Marin, wir haben einen Gast, wir hätten da doch noch ein Plätzchen oben in der Stube frei, oder?"

Der ältere Mönch hob die Hand zum Zeichen, dass Tajo dort warten solle und verschwand aus dem Fenster.

„Marin ist den Christen treu geblieben?", fragte Tajo dann flüsternd.

„Ja", antwortete Jesús lachend. „An einem Abend hatten wir ihn fast so weit, es einmal als Buddhist zu versuchen."

Jesús zwinkerte Tajo zu.

„Das war in einer Osternacht, es war ein wenig Messwein im Spiel. Am nächsten Morgen wollte er nichts mehr davon wissen … Nun denn, Namaste, Marin wird dir alles zeigen, bis später!"

Während Tajo auf Marin wartete, schaute er sich auf dem Hof um. Bei dem Zen-Garten neben dem Hauptgebäude hatten sich mittlerweile einige in verschiedene Trachten gekleidete Männer zusammengefunden und saßen im Schneidersitz um einen plätschernden Brunnen herum. Dabei hielten sie die Hände vor ihren Körper, berührten jeweils den Daumen mit dem Mittelfinger und schwangen ihre Oberkörper wie vom Wind getragen von einer Seite zur anderen. In einer anderen Ecke des Hofes hielt ein in rot-gelbe Tücher gewickelter Mönch eine brennende Fackel vor sich und übte sich im Feuerspucken, indem er erhabene Feuerbälle Richtung Himmel schickte.

Im nächsten Moment trat Marin aus dem Gebäude hinter ihm hervor. Der Ausgang war mit groben zerfurchten Baumstämmen umrahmt und erweckte den Anschein, die Last des gesamten Gebäudes zu tragen. Er wirkte im ersten Moment etwas schüchtern für sein Alter und sah Tajo nur kurz in die Augen, bevor er seinen Blick erst zu Boden senkte und dann etwas besorgt über den Hof schweifen ließ.

„Willkommen. Willkommen zu unserem etwas unkonventionellen Kloster", sagte er dann etwas zerstreut.

Erneut sah er Tajo an, und auf den zweiten Blick fiel ihm nun dessen desolater Zustand auf. Besorgt, aber ohne überrascht zu wirken, sagte er: „Was ist mit dir geschehen? Bist du gestürzt?"

Prüfend sah er sich indessen auch Tajos Rad genauer an.

„So ähnlich", erwiderte Tajo nach kurzem Zögern. „Eine Art wildes Tier hat mich verfolgt und tut es wahrscheinlich immer noch."

Marin schaute ihn mit einem durchdringenden Blick an und antwortete: „Was du nicht sagst." Er legte seine Stirn in Falten:

„Ich hoffe wir können dir helfen. Weißt du, in gewisser Weise wurden wir alle einmal von einem wilden Tier verfolgt."

Tajo nickte und für ein paar Momente war es still.

„Nun ja, ich führe dich zunächst etwas herum, wenn du möchtest", sagte Marin. „Dass dies hier nicht unbedingt ein Kloster ist, wie man es sich üblicherweise vorstellt, ist dir vielleicht schon aufgefallen. Ich muss wohl an meinen missionarischen Fähigkeiten noch etwas feilen. Aber keine Sorge, es gibt keine geistlichen Verpflichtungen, wenn du etwas bleiben möchtest. Ich wüsste auch gar nicht so genau, welche das sein sollten."

Er musste leicht hysterisch kichern, dann fing er sich wieder und ergänzte mit einer etwas aufgesetzten Ernsthaftigkeit: „Ein wenig Hilfe bei der bevorstehenden Ernte wäre schon genug, sobald du dich etwas besser fühlst."

Tajo nickte pflichtbewusst und sagte: „Gewiss."

Im nächsten Moment fing die Beule an seinem Kopf wieder an, diesen pulsierenden Schmerz zu entfachen. Gleichzeitig spürte er, wie sich die notorische Hitze in seinem Inneren aufs Neue zu einem lodernden Feuer entwickelte. Wie in Trance griff Tajo in eine seiner Radtaschen und zog die Dose mit dem Medikament in dem Augenblick hervor, als Marin seinen Blick abwandte, um ihm gestikulierend von der Geschichte und dem Aufbau des Klosters zu erzählen. Tajo hörte nur einen gedämpften Monolog, der Schmerz bemächtigte sich all seiner Sinne, alles vor seinem Auge begann zu verschwimmen. Als Marin sich einen Moment später wieder zu ihm umwandte, bemerkte er geschockt Tajos kreidebleiches Gesicht und eilte ihm stützend zur Hilfe. Tajo schloss die Augen und atmete tief und schwer ein und weit wieder aus.

„Da hast du eine heftige Beule abbekommen, mein Guter. Komm, ich zeige dir einen Platz, um dich auszuruhen."

Marin hatte auch die Schatulle mit den Pillen bemerkt, schwieg aber für den Moment dazu. Er wusste, dass dies kein gewöhnliches Medikament war. Mit großen Sorgenfalten auf der Stirn brachte er ihn in eine Stube, wo ein Bett für ihn bereitstand. Sofort fiel Tajo in einen tiefen, unruhigen Schlaf.

Als er wieder aufwachte, wusste er nicht, welche Tageszeit es war. Das Licht, das durch die Fenster drang und das Zimmer flutete, war weder weiß, noch vertrieb es komplett die Dunkelheit aus den schmalen Nischen des Raumes. Vielleicht war es Morgen, vielleicht Abend, vielleicht Mittag. Tajo hatte Mühe, seine Augen ganz zu öffnen. Er spürte, dass sie nur ein gewisses Maß an Licht vertrugen. Ein Quäntchen zu viel der Wahrheit würde seinen Kopf jetzt zum Bersten bringen. Durch das Fenster sah er, wie die Mönche ihre alten Zirkustricks probten: Einer der Mönche erklomm eine menschliche Pyramide, die ein Dutzend weiterer Mönche in Hakenstellung bildeten. Als der drahtige kleine Mann an der Spitze angekommen war, spuckte er wie aus dem Nichts einen imposanten Feuerball gen Himmel. Nach einem kurzen Moment des inneren Beifalls löste die Reizüberflutung bei Tajo einen weiteren bohrenden Stich in seinem Schädel aus. Er fingerte kurz in seiner Jackentasche herum, holte die Pillendose heraus, nahm eine ein und legte sich dann zurück auf die mit Stroh gefüllte Matratze.

Die nächsten Tage und Wochen blieb Tajo in der Obhut der Mönche. Seine Wunden verheilten und es fiel ihm langsam wieder leichter, einen Fuß vor den nächsten zu setzen. An eine Mitarbeit auf dem Feld war dennoch nicht zu denken. Doch er versuchte trotzdem, sich nicht zu sehr zu schonen, um seinem Körper nicht das Signal zu geben, dass dies schon die letzte Station sein könnte.

Seine Tage begann er oft damit, den Mönchen bei der Feldarbeit zuzusehen. Er war jedes Mal aufs Neue begeistert, wie akkurat sie die alten Techniken der Inkas umsetzten. Das alles hatten sie von Marin gelernt, wie ihm Jesús einmal berichtete: „Der Mann hat das hier wirklich perfektioniert, und wenigstens in dieser Beziehung waren wir gute Schüler."

Er setzte wieder dieses schelmische Grinsen auf, das fast permanent sein Gesicht zierte. Wenn man ihn so ansah, konnte man eigentlich kaum glauben, dass er überhaupt irgendetwas ernst nahm. Aber vielleicht war auch das nur ein Überbleibsel seiner Schausteller-Vergangenheit.

Alles in allem schienen die Mönche trotz, oder vielleicht auch gerade wegen ihrer unterschiedlichen Ansichten hervorragend als Team zu funktionieren. Marin hatte sich offenbar mittlerweile damit abgefunden, einem multireligiösen Kloster vorzustehen. Für ihn war das ganze eher zu einer Art Experiment geworden, wie er Tajo an einem Abend auf der kalkweißen Bank am Rande des Hofes erklärte: „Ich versuche, das hier manchmal als Fraktal einer toleranten Welt zu sehen. Was im Kleinen funktioniert, kann dort doch vielleicht auch im Großen umgesetzt werden, meinst du nicht? Es fehlen uns hier natürlich einige komplexe Bausteine, das gebe ich zu …"

Die meiste Zeit verbrachte Tajo im Innenhof des Klosters, wo er den Mönchen mit wachsendem Interesse bei der Meditation und spirituellen Übungen zusah. Einer der etwas älteren Mönche mit mittellangem schwarz-grauen Haar und buschigen Augenbrauen fiel ihm besonders auf: Dieser verharrte täglich mehrere Stunden im Schneidersitz vor einem Brunnen und fixierte diesen mit seinen Augen. Anfangs dachte Tajo, er schaue nur zufällig in diese Richtung. Aber nachdem er ihn täglich erneut mit dieser exakten Fokussierung auf den Brunnen beobachtet hatte, wurde er doch neugierig. Als der Mönch seine Meditation beendete, fragte Tajo ihn, was es mit dem tropfenden Brunnen auf sich hatte. Der Mönch, der an diesem Tag ein Stirnband über seinen Haaren trug, antwortete bedächtig: „Nicht der Brunnen ist es, den ich im Blick habe, sondern die Tropfen, die ihn verlassen! Sieh, jeder ist wie ein Menschenleben, geboren aus allem und nichts spiegelt sich in ihm die Welt."

Mit seiner flachen Hand als starre Verlängerung seines Armes wies er erst zum Himmel, dann zum Brunnen und dann mit einer horizontalen Schwenkbewegung über den Erdboden.

„Fällt der Tropfen zu Boden, wird er wieder eins mit der Erde. Und schau hin: Jeder Tropfen gibt die Umgebung etwas anders verzerrt wieder. Denn jeder Tropfen ist einzigartig! So erzeugt jeder Tropfen sein eigenes einzigartiges Weltbild, oder? Je mehr von diesen kleinen Tropfen ich beobachte, desto besser verstehe ich die Welt, denn jeder Tropfen zeigt mir eine neue Sichtweise."

Er machte eine kurze Pause, den Blick weiter geradeaus gerichtete. Dann sagte er in etwas leiserem Ton, als ob er Tajo nun ein Geheimnis anvertrauen würde: „Und ganz selten, da kommt es vor, da sehe ich einen Tropfen, der die Welt in einer beinahe absoluten Reinheit widerspiegelt. Ein klarer Blick! Diese pure Reinheit, das ist es, was ich suche. Dann halte ich kurz inne und halte diesen unverzerrten Blick auf die Welt für einen Moment fest, um ihn zu verinnerlichen. Aus dem Wollknäuel, aus dem die Welt gestrickt ist, wird ein einzelner, unendlich langer Strang, den ich vor mir sehe, ungebogen und nicht durch einen Knick gebremst, den der alltägliche Trott im Faden hinterlassen hätte. Alle aufgebauschten Probleme der Welt werden nichtig. Doch so schnell, wie der vollkommene Wassertropfen wieder am Boden zerschellt, so schnell lasse ich mich wieder einholen von meinem verzerrten Blick, der sich bei mir und so vielen tief eingeprägt hat."

Er blickte enttäuscht nach oben und schmatzte ein paar Mal verächtlich.

„Doch merke ich auch, wie jeder dieser kurzen Einblicke eine weitere Tür in meinem Geist öffnet. Denn was ich sehe, ist nicht nur die Klarheit der Welt, es ist auch die Einheit. Es ist, als befinde ich mich zur gleichen Zeit innerhalb und außerhalb des Tropfens. Ein purer Augenblick, der greifbar alles vereint und so schnell wie er kam auch wieder vorübergeht. Doch, wenn ich enttäuscht bin über diese Vergänglichkeit, blicke ich in das Wasserbecken. Dort findet jeder Tropfen seinen Ursprung und den Ort seiner Bestimmung. Es ist alles derselbe Stoff. Alles ist Ruhe, alles ist Bewegung."

Der Mönch verharrte noch für einen Moment stumm in seinen Gedanken, dann skizzierte er ein Lächeln auf seinem Gesicht und nickte, wie zur Bestätigung, dass alles gesagt war. Tajo nickte ebenfalls, er glaubte verstanden zu haben. Er setzte sich vor den Brunnen und beobachtete eine Weile die fallenden Wasser-Sphären, die sich aus dem Brunnen lösten.

Der Mönch klopfte ihm daraufhin ein paar Mal mit der Hand auf die Schulter und ließ ihn dann allein. Lange blieb er dort sitzen, ohne Gespür für die Zeit. Irgendwann, Minuten oder Jahre später, näherte sich Marin, stellte sich zunächst mit etwas Abstand neben ihn und beobachtete ebenfalls den tropfenden Brunnen. Sie hatten die letzten Tage nicht viel miteinander gesprochen, Marin hatte ihm etwas Raum geben wollen.

„Buenas Tardes, Tajo, wie geht es deinem Kopf?", hörte Tajo ihn nun sagen. Es klang, als käme die Stimme aus seinem Unterbewusstsein.

Kurz besann er sich und antwortete, wie erwacht aus einem Traum: „Buenas Tardes, Marin. Meinem Kopf? Hm. Ja. Das wird schon wieder. Allerdings sehe ich bisher nur verzerrte Tropfen aus diesem Brunnen fallen."

Er neigte seinen Kopf etwas. Marin lächelte und antwortete: „Das braucht Zeit."

Sie schwiegen für einige Momente, der Brunnen tropfte. Dann sagte Marin mit leiserer Stimme: „Ich habe deine Medikamente gesehen. Pater Josua, der hier gelebt hat, nahm die gleichen. Wir mussten damals einen Arzt kommen lassen. Du bist krank, nicht wahr?"

Tajo nickte stumm.

„Du sprichst nicht darüber?"

Tajo schwieg weiter. Marin legte einen Finger an seine Schläfe, neigte nachdenklich seinen Kopf und sagte: „Du hast bisher mit nicht vielen darüber gesprochen, vermute ich?"

Tajo erkannte, dass Marin ihm wohl keine Ruhe lassen würde und antwortete mit einem kleinen Seufzer: „Da vermutest du richtig." Er machte eine Pause. „Weißt du, Marin, ich sehe das so: Ich spreche ebenso wenig tagaus tagein davon, wie ich schlafe, wie ich esse, wie ich trinke, wie ich meine Haare schneide. Der Moment, als ich es erfuhr, war schlimm, keine Frage. Aber ich denke, ich habe meinen Frieden damit geschlossen. Die ganze Geschichte ist nun ein Teil von mir, wie auch die Schmerzen, die mich ab und zu heimsuchen. Aber ich werde niemals zulassen, dass sie mich beherrschen."

Tajo hielt kurz inne, um eine Antwort abzuwarten, doch Marin schaute weiterhin konzentriert in Richtung des Brunnens. Tajo wies mit seinem Finger in Richtung eines breit gefächerten Akazienbaums, der hinter dem Brunnen stand, und sagte: „Ist es nicht schön, wie die Sonne dort vorne durch die wehenden Äste funkelt, wie die Grillen ihr Konzert geben, ist es nicht wunderbar?"

Nach einem Moment fügte er dann mit etwas leiserer, entschlossenerer Stimme hinzu, als wollte er sich selbst wieder daran erinnern: „Wenn ich den Blick für die Schönheit auf der Welt verliere, ich mich nur noch um meinen Schlaf sorge, meine nächste Mahlzeit, wie viel Tage mir noch bleiben, dann ist alles verloren, dann ist das nicht mehr mein Leben. Doch solange meine Füße noch in die Pedale treten können, die Sonne am Ende der Straße scheint und mir alle Wunder dieser Welt offenlegt, worüber soll ich mich beschweren?"

Tajo sah Marin abermals an, aber dessen Blick ging weiter geradeaus an ihm vorbei. Mit einem Lächeln im Gesicht fuhr er fort: „Heute Morgen erst ist eine Pfuhlschnepfe dort oben an meinem Fenster gelandet und hat mich mit einem Ständchen geweckt. Als ich hinging, um nachzuschauen, flog sie zu einem eurer Alpakas im Hof und landete auf seinem Rücken. Das Alpaka blieb einfach dort stehen und graste gemütlich weiter, während die Pfuhlschnepfe zu einem weiteren Liedchen ansetzte. Nichts in der Welt konnte sie beeindrucken. Es gibt so viel Frieden in der Welt. Es scheint mir, das gerät bei all dem Leid, um das sich die Menschen kümmern müssen, manchmal in Vergessenheit."

In dem Akazienbaum landete jetzt ein Vogel und fing an zu zwitschern. Beide lauschten kurz, dann nickte Marin Tajo zu und sagte: „Wenn du jemanden brauchst, ich bin da."

Er stand auf, pflückte sich im Vorbeigehen einen Apfel von einem kleinen Baum neben der Hofmauer, biss herzhaft hinein und schlenderte ziellos und gedankenverloren über den Hof.

Tajo aber blieb noch etwas sitzen und sah der Pfuhlschnepfe zu, wie sie zwischen ihrem Gesang ihr Gefieder putzte. Sie zog ihn mehr in den Bann als der tropfende Brunnen.

Weitere Tage vergingen, an denen Tajo sich nach und nach an die Langsamkeit und Ruhe des Klosterlebens gewöhnte. In einigen Momenten fühlte er sich dem Grund, auf dem er stand, verbundener als sonst, als hätte sich die Anziehungskraft der Erde auf angenehme Art erhöht, um seinen Gang zu stabilisieren.

Es fiel wenig Regen zu der Zeit, und die Mönche begannen sich bereits Sorgen um ihre Schützlinge auf den Feldern zu machen. Auch die Bäche, die die Bewässerungssysteme speisten, verloren allmählich an Kraft.

Doch endlich, an einem verheißungsvollen Mittwoch, füllte sich der Raum zwischen Wolken und festem Boden mit einer grauen Schraffur schräg fallenden Regens. Von dem weißen Licht der Sonne am Horizont blieb nur noch ein matter rosafarbener Schimmer – das sonst so satte Grün der Umgebung verschwamm dadurch zu einem surrealen Orange-Rot.

Wenig Zeit verging, bis der Regen Gewitter mit eng aufeinander folgenden Blitzentladungen brachte. Das Grollen der Donner verharrte lange in den umliegenden Tälern, sodass sich die Geräuschkulisse zu einer Art gregorianischem Gesang verdichtete, der die Luft zum Zittern brachte.

Die Mönche und Tajo verschanzten sich in dem eben gelegenen Gemeinschaftsraum und bewunderten durch die Fenster das imposante Schauspiel der Naturgewalten. Der nieselnde Regen hatte sich von einem Moment auf den anderen zu einem Dickicht daumendicker Wasserfäden entwickelt. Der Boden im Hof hatte bald darauf die Form einer zähflüssigen Emulsion angenommen. Sie konnten nur hoffen, dass die Felder wenigstens zum Teil den Wassermassen trotzen würden. Marin hatte schon früh ein ausgeklügeltes Entwässerungssystem erdacht und mit Steinen befestigte Gräben innerhalb der Felder angelegt, um überschüssiges Wasser kontrolliert abzuleiten. Ein solches Unwetter hatte jedoch auch er noch nicht erlebt – es blieb ihnen nichts anderes übrig, als abzuwarten, bis das Gewitter sich legte.

Die Keimzelle des Unwetters schien sich momentan genau über dem Kloster zu befinden; Blitze schlugen unter ohrenbetäubendem Lärm in die nahestehenden Bäume ein. Tajo zuckte jedes Mal zusammen, obwohl er sich zur Beherrschung zwang.

Einige der Bäume fingen kurz Feuer, wurden aber schnell durch die herabstürzende Sintflut gelöscht.

Nach etwa einer Stunde flachte das Donnergrollen langsam ab. Der Starkregen ging ebenfalls etwas zurück, sodass man die gegenüberliegende Seite des Hofes nach und nach wieder erkennen konnte. Tajo, Marin und die Mönche atmeten kurz auf, die Anspannung, die beinahe greifbar in der Luft lag, ließ etwas nach. Doch gerade, als die ersten der Mönche ihren Blick von den Fenstern abwandten, wurde die Szenerie mit einem Mal taghell – mehr noch, alles wurde für eine gefühlte Ewigkeit, die nur den Bruchteil einer Sekunde dauerte, in gleißend helles Weiß getaucht. Das Ganze wurde begleitet von einem Donner, der alle vorangegangenen Entladungen in sich zu vereinen schien. Die Mönche und Tajo sackten instinktiv in sich zusammen, hoben die Hände schützend über ihre Köpfe und warfen sich zu Boden. Ein Blitz, so hell wie die Sonne, war wie ein Fanal in das Kloster oder unmittelbar daneben eingeschlagen. Tajo sah kurz über seine Schulter hinüber zu Marin, der seinen Blick mit einem Anflug von Sorge in den Augen erwiderte – bisher hatte er sich hierzu noch nicht hinreißen lassen.

Die Versammlung in dem nun wieder düsteren Gemeinschaftsraum verharrte in gemeinsamer Schockstarre. Einen Moment lang kehrte Ruhe ein. Nur das Prasseln des Regens in den Wasserlachen, die sich im Hof gebildet hatten, war zu hören – da folgte plötzlich ein weiteres Donnern. Doch diesmal kam das Geräusch nicht aus der Wolkendecke, sondern aus dem Bergmassiv, das sich oberhalb des Klosters befand. Aus einem anfänglichen Knacken entwickelte sich ein tieffrequentes Rumoren, das sich zu einem herannahenden Getöse aufbauschte.

Marin, der die Kontrolle über sich wiedererlangt hatte und die Situation inzwischen wieder etwas überblickte, versuchte gegen das Grollen anzuschreien, doch seine Stimme hatte keine Chance gegen die alles umhüllende Lautstärke. Der Boden zitterte, Gläser in den anstehenden Regalen fielen auf den Steinboden und zersprangen in tausend Teile. Wie wild wedelte Marin mit den Armen und zeigte auf den Esstisch in der Mitte des Raums. Die anderen Mönche nahmen das Gestikulieren erst nach und nach wahr, doch alle verstanden sofort: Halb gequetscht, halb gestapelt verkrochen sie sich unter dem massiven Holztisch, um sich vor herabfallenden Deckenteilen zu schützen.

Das Beben der Erde flachte langsam ab, das Ganze hatte nicht länger als zehn oder zwanzig Sekunden gedauert. Nach und nach krochen sie nun unter dem Tisch hervor und strichen sich den Staub von den Gewändern. Abgesehen von etwas Geschirr schien zumindest hier kaum etwas Schaden genommen zu haben. Tajo schaute sich zu den anderen um – auf den ersten Blick machten alle einen unversehrten Eindruck.

„Hat jemand was abbekommen?", fragte Marin dann etwas benommen und dennoch geistesgegenwärtig in die Runde. Allgemeines Kopfschütteln war die Antwort. Nur einer der Jüngeren hielt sich den Kopf. Marin wandte sich ihm zu.

„Lass dich einmal ansehen, ist alles ok?"

Der Mönch nickte und sagte: „Jaja, ich denke schon. Hab mir wohl den Kopf gestoßen, als ich unter den Tisch gesprungen bin."

Er konnte schon wieder grinsen.

„Nun gut", sagte Marin. „Dann sollten wir uns mal ein Bild von draußen machen. Ich hoffe, es ist noch etwas zu retten."

Er ließ seinen Blick durch die Runde schweifen und blieb bei Tajo hängen. Der nickte ihm zu und sagte: „Ich komme mit."

Sie wateten durch den Hof. Alle losen Bestandteile des Bodens hatten sich dort an der Oberfläche mit den Wassermassen vermischt und eine mal klebrige, mal flüssige

Sumpflandschaft hinterlassen. Auf den Wasserlachen spiegelte sich der Himmel in dunstigem Braun. Wie durch ein Wunder schienen die Gemäuer kaum Schaden genommen zu haben. Lediglich die ohnehin schon marode Dacheindeckung hatte weitere Schindeln eingebüßt, die hier und da wie Schuppen aus dem Morast des Bodens ragten.

Marin und Tajo waren in der Mitte des Hofes angelangt und die anderen Mönche verteilten sich indessen ebenfalls langsam auf dem Gelände und betrachteten mit weit geöffneten Augen das Ausmaß des Schadens. Eine bunte, zerfetzte tibetische Gebetsflaggenkette hing wie zur Resignation über einem Apfelbaum und ließ seine tropfenden Wimpel baumeln.

Marin nahm das alles recht gelassen hin.

„Nicht schlecht, eure Hütte hier", sagte Tajo. „Ich wette, die ein oder andere Festung hätte das nicht so locker weggesteckt."

Marin lächelte mit einem Anflug von Stolz und antwortete: „Nicht wahr? Das Gemäuer lässt sich von so ein bisschen Sturm nicht aus der Fassung bringen. Das Dach musste eh dringend einmal erneuert werden, ich denke, der Zeitpunkt ist günstig."

Er hob eine der Schindeln vom Boden und betrachtete sie wie einen seltsamen Fund von allen Seiten. Dann sagte er nachdenklich: „Aber was war dieses laute Rumpeln am Ende?"

Tajo zuckte mit den Schultern und sagte: „Lass uns mal vor den Toren schauen. Das klang für mich, als ob irgendetwas haarscharf am Kloster vorbeigeschrammt wäre."

Geschlossen setzten sie sich in Bewegung, doch schon kurz hinter dem Torbogen blieben sie abrupt stehen, verharrten einige Sekunden wie eingefroren und blickten den Hang hinab. Dort unten hatte sich eine gewaltige Masse Geröll aufgetürmt. Bergaufwärts war dahinter eine Schneise der Verwüstung entstanden. An der Spitze der Lawinenmasse lag ein eiförmiger Brocken mit etwa sieben Metern Durchmesser, der offensichtlich hauptverantwortlich für die tiefe Furche war, die nun die Oberfläche des Berghangs prägte. Die Blicke von Tajo und Marin wanderten staunend den Graben entlang, den der Brocken hinterlassen hatte: den Hang hinauf, bis zu dem Plateau, das über dem Kloster lag. Von der ehemaligen Plattform dort oben war nicht mehr allzu viel übriggeblieben. Der Ausbruchskegel des Felsbrockens zeichnete sich eindeutig ab; wie ein Puzzlestück konnte man die Kontur des Steinmassivs erkennen.

„Ok. Ich denke, das könnte es erklären", sagte Tajo.

„Ein Gruß von oben!", fügte Marin theatralisch, mit gen Himmel gerichteten Händen hinzu und grinste dann Tajo zu.

Ein Vogel steuerte den Felsbrocken an und landete so selbstverständlich auf ihm, als ob er schon immer dort gewesen wäre. Gelassen begann er, sein Gefieder zu säubern.

Tajo bemerkte, dass der Druck auf seinen Ohren, der ihn seit der merkwürdigen Verfolgungsjagd plagte, auf einmal vollständig verschwunden war. Ein halber Berg war ins Rutschen geraten, doch am Ende lag doch alles friedlich vor ihnen.

Er spürte plötzlich einen Drang nach vorn, nicht direkt weg von hier, aber dazu, seine Reise fortzusetzen. Die Angst, dass seine Zeit ablaufen könnte, bevor er sein Ziel erreicht hatte, war mit einem Mal wieder real. Etwas in ihm hatte sich gelöst, etwas, das pedantisch auf seinen noch nicht vollendeten Weg wies. Kurzentschlossen wandte er sich Marin zu und sagte: „Ich weiß, der Zeitpunkt ist ungünstig, aber ich werde meine Reise bald fortsetzen müssen, ich hoffe, du verstehst."

Sie schwiegen einen Moment, während sie weiter ungläubig den Felsbrocken bewunderten. Dann sagte Marin: „Der Brocken wird wohl erst einmal dort liegen bleiben. Ein schönes Andenken an dich."

„Ohne euch wäre ich vielleicht von meinem Pfad abgekommen. Ich denke, ich bin bereit für den Rest des Weges."

Nach ein paar Momenten erneuten Schweigens sah Marin zu Tajo herüber, nickte und sagte: „Das wird das Beste sein. Wir kommen hier schon zurecht, mach dir keine Sorgen!"

FÜNFZEHN

Noch am Abend suchte Tajo seine Sachen zusammen. Er hatte sich mittlerweile fast schon häuslich eingerichtet in der kleinen Kammer, die er in den letzten Wochen bezogen hatte. Sein Rad, das in der hinteren Ecke des Raumes, neben dem windschiefen hölzernen Kleiderschrank lehnte, kam ihm seltsam fremd vor, als er es von der braunen Staubschicht befreite und zur Inspektion in die Mitte des Zimmers schob. Nach all der Zeit fühlte es sich nun wie der Beginn einer völlig neuen Reise an.

Das Unwetter hatte einige größere und kleinere Schäden hinterlassen. Er packte noch hier und da mit an, um das Gröbste zu beheben, doch die Mönchs- und Zirkustruppe war ein eingespieltes Team und kam auch ohne seine Hilfe gut zurecht.

Am nächsten Morgen stand er früher als gewohnt auf. Er war voller Tatendrang und nahm sich vor, heute so viele Kilometer wie möglich hinter sich zu bringen. Durch die Türspalte fiel das helle Licht der aufgehenden Sonne, sodass sie von einem gelb weißen Schimmer umrandet war. Als er die Tür öffnete, wurde er geblendet, die Sonne empfing ihn hell und warm. Er hielt sich die Hände vor die Augen und ging die ersten Schritte blind. Mit einer Hand an dem Lenker seines Fahrrads blinzelte er dann in den Hof, wo sich die Mönche mitsamt Marin zum täglichen Frühsport versammelt hatten. Das hatte Tajo bisher wohl immer verschlafen: Noch aus der Gewohnheit des Zirkuslebens heraus standen die in Leggins, Unterhemd und Stirnband gekleideten Männer um Jesùs herum und vollführten Hampelmänner. Dabei sangen sie lauthals einen Sprechchor, als wären sie bei der Army. Als Tajo Marin in diesem Aufzug sah, konnte er sich ein breites Grinsen nicht verkneifen.

Ohne die Truppe aus den Augen zu lassen, schob er sein Rad über die außen liegende Treppe in den Hof und rief dann gut gelaunt: „Guten Morgen, die Herren!"

Doch als Marin sich ihm mit einem etwas angestrengten Gesichtsausdruck zuwandte, erwischte ihn sogleich ein bitterer Abschiedsschmerz wie ein eiskalter Pfeil.

Über die Jahre hatte Tajo sich angewöhnt, Abschieden etwas Positives abzugewinnen, indem er sie als Verfestigung der wertvollen gemeinsamen Zeit betrachtete. Mittlerweile erforderte dies jedoch mehr und mehr Willenskraft. Nun, da Marin ihn mit diesem gleichzeitig lächelnden, aufmunternden und wissenden Gesicht ansah, in seinen Augen zugleich jedoch etwas Düsteres durchschimmerte, war es schwer, zu dieser antrainierten Gewohnheit zurückzufinden.

Die übrigen Mönche wussten nichts von Tajos Zustand und hatten seinen Erholungsbedarf auf den vermeintlichen Unfall zurückgeführt.

Tajo ließ sie weiterhin in dem Glauben. Noch mehr Blicken wie dem von Marin würde er jetzt nicht standhalten. So hielt er den Abschied kurz, bedankte sich nochmals für alles, versprach wiederzukommen, sobald er es einrichten konnte, und ließ die gut gelaunte Mönchsathletentruppe wie ein Stillleben zurück – *Akrobatik vor sakraler Kulisse*. Nur Marin sah ihm noch länger nach, Tajo spürte seine Blicke im Rücken, während er sein Rad über den ausgewaschenen Weg unter dem noch immer mit wilden Blumen umrahmten Torbogen schob. Es fühlte sich an, als ob ihn eine nicht sichtbare Hand führen würde. Ein paar Meter weiter stieg er, ohne sich nochmals umzublicken, auf sein Rad und ließ sich langsam den steinigen Pfad hinabrollen.

Ein weiter Weg lag nun nicht mehr vor ihm: Er war noch etwa zehn Tagesreisen von seinem Heimatdorf entfernt. An die Schmerzen, die ihn noch immer wie ein anhänglicher Hund begleiteten, hatte er sich schon lange gewöhnt. Insgesamt fühlte er sich dennoch ausreichend erholt für die letzte Etappe und freute sich auf das Wiedersehen mit seinem Sohn und die Landschaften seiner Heimat, die er so lange hinter sich gelassen hatte. Tagsüber führten die Wege ihn über weite Felder, durch Schatten und Sonnenlicht; nachts in schützende Wälder oder hinter Felsformationen, die wie hingeworfen die Straßen säumten.

Eines Tages kam dann endlich der eine unverkennbare Berg in Sichtweite, nach dem er im Grunde schon seit Beginn seiner Reise Ausschau gehalten hatte. Der Berg war wie ein Fixpunkt für ihn, wie ein Leuchtturm, der über Zeit und Raum im Zentrum seiner Geschichte wachte. Wie eine schmelzende Kugel Limonen-Eis schmiegte er sich in die Landschaft, als stiller Beobachter bildete er die Kulisse all seiner wichtigen Momente hier, und für seine früheren Reisen diente er als Wegweiser und Motivation für die letzten Kilometer.

Schon schmeckte die Luft nach einer beinahe vergessenen Heimat, sein Ziel rückte in greifbare Nähe. Zwischen ihm und seinem *Ciego Impala* lag noch ein Weg, der zunächst durch eine dicht bewachsene Senke führte, sich dann auf eine Anhöhe schlängelte, um darauf über einen Bergkamm zu der anderen Seite des Tals, in das Herz des kleinen Ortes zu führen.

Tajo stand am Rand der Straße, nahm einen Schluck Wasser aus seiner verbeulten metallenen Trinkflasche und ging den Rest der Strecke im Geiste durch. Jetzt, wo das Ende so nah war, hatte er es plötzlich gar nicht mehr so eilig. Eine ungekannte Wehmut kam in ihm auf – so oft er auch ein letztes Mal in den vergangenen Wochen durchlebt hatte: Er spürte, dass dieses besonders bitter sein würde, so sehr er sich, mich und die Kinder auf dem Bahnhofsvorplatz damals auch von dem Gegenteil hatte überzeugen wollen.

Er stieg wieder auf, trat gemächlich in die Pedale und ließ seinen Blick gedankenverloren über die umliegenden Landschaften schweifen. Nach kurzer Zeit fiel ihm auf einer der hügeligen Weiden ein Hirte ins Auge, der ihn, abgestützt auf einem knorrigen Stab und umgeben von einer Herde Alpakas, mit leerem Blick beobachtete. Tajo hielt inne, erwiderte den Blick und beneidete ihn sofort für die innere Ruhe, die er bereits aus dieser Entfernung ausstrahlte. Kurz darauf tauchte hinter einem kleinen Hügel neben dem Hirten eine zweite Person auf, die offenbar zu ihm gehörte. Von der Kleidung, der Körperhaltung und der Art, sich zu bewegen, passte sie jedoch nicht so recht ins Bild.

Langsam fuhr er weiter in Richtung des ungleichen Paars. Aus der Nähe erkannte er nun eindeutig, dass der Begleiter des Hirten nicht aus dieser Gegend stammen konnte. Vielleicht war er Amerikaner oder Europäer, mutmaßte Tajo, die Art seiner Kleidung sah jedenfalls danach aus.

Der Alpakahirte hob in ruhiger Bewegung die Hand. Tajo erwiderte den Gruß und schob mit einiger Mühe sein Rad die letzten Meter über das steinige Feld. Als er die beiden erreicht hatte, standen sie mit geschlossenen Augen da. Sie bemerkten ihn erst nach einigen Sekunden, als sie blinzelnd ihre Augen öffneten. Der westliche Mann sah Tajo ernsthaft an, er war offenbar nicht erfreut darüber, unterbrochen zu werden. Der Hirte hingegen richtete seinen Blick jetzt unbeeindruckt auf einen unbestimmten Ort in den gegenüberliegenden Bergen.

Nichts war zu hören. Nur der Wind fauchte ab und zu durch das Gras, und die Alpakas bewegten sich hin und wieder gemütlich trappelnd von einem zum nächsten Grasbüschel. Tajo hielt etwas Distanz, um nicht noch mehr zu stören, und richtete seinen Blick in die gleiche Richtung wie der Hirte.

Mehrere Momente verstrichen, und langsam wurde der etwas bleiche Mann neben dem Hirten ungeduldig. Er durchbrach die Stille und fragte: „Navarro, was siehst du?"

Noch immer brauste der Wind.

„Die Ferne", antwortete der Hirte, der offenbar Navarro hieß. Der Mann aus dem Westen blickte weiterhin angestrengt in Richtung der Berge. Nach ein paar Momenten fragte er: „Und was siehst du dort?"

„Nichts. Die Ferne", sagte Navarro.

Auf eine gewisse Weise schien dem Hirten das Spiel Freude zu bereiten. Noch ein paar Momente sah der bleiche Mann in Funktionshosen trotzig geradeaus, kickte dann gegen einen der herumliegenden Grasbüschel und entfernte sich langsam in Richtung einer Gruppe grasender Alpakas.

Tajo stellte sich nun zu dem Hirten und blickte eine Weile mit ihm stumm in die Ferne. Navarro seufzte, als sein Gefährte außer Hörweite war, und sagte ungefragt: „Worauf habe ich mich da nur eingelassen."

Flüchtig sah Tajo dem Mann hinterher, blickte dann zu dem Hirten auf, der fast einen Kopf größer war als er, und sagte: „Wenn die Ferne ruft … es kann zermürbend sein, denke ich."

Und nach einer kurzen Pause fügte er hinzu: „Tajo – ich bin Tajo, übrigens."

„Navarro", antwortete Navarro und rückte sich seinen hoch-stulpigen Hut zurecht. „Zermürbend, ja. Wie alles, was du zu einer Pflicht erhebst."

„Bist du so eine Art Lehrer, oder wie stehst du zu diesem Gentleman?"

Navarro setzte einen etwas leidenden Blick auf und antwortete: „Hat ganz den Anschein. Dazu hat mich mein Sohn überredet."

Er strich mit seinem rechten Fuß sanft über den Boden. Tajo sah sich ihn nun genauer an – sein Gesicht war übersät von tiefen Furchen; es war, als ob der Wind und das beißende Wetter nach und nach Rillen auf seiner Haut hinterlassen hatten, wie Jahresringe einer alten Eiche.

„Mein Leben ist die Langsamkeit", sagte Navarro dann. „So gut wie nichts auf diesem Feld geschieht übereilt. Jeglicher Stress überträgt sich auf meine Schützlinge hier."

Er machte eine ausladende Geste, in der er auf die umherstehenden Alpakas wies.

„Mein Sohn hat einen etwas – wie er es nennen würde – ambitionierteren Weg eingeschlagen. Ich konnte ihn nicht ganz von meinem Beruf überzeugen", sagte Navarro mit dem Anflug eines Lächelns. „Er ging in die Stadt, auf eine Schule für Wirtschaft."

Eins der Tiere unterbrach Navarro, machte vor ihm Halt und fraß ihm etwas aus der Hand, das er zuvor aus seiner weiten Manteltasche gefischt hatte. Tajo streichelte dem Tier über den Kopf, dann hoppelte es in einer Wellenbewegung wieder zurück zu seiner Gruppe.

„Jedenfalls hat mein Sohn mich dann einmal gefragt, ob ich ihm einen Gefallen tue. Er weiß, dass ich ihm nichts abschlagen kann. Woher er das wohl hat, nach so einer schnelllebigen Welt zu streben? Aber natürlich soll er frei entscheiden, was er tut. Meine Langsamkeit ist wohl auch keine gute Voraussetzung, um die jungen Leute zu verstehen."

Wie von sich selbst überrascht, musste Navarro glucksend lachen, verschluckte sich dabei, hustete dreimal und fing sich mit einem Räuspern wieder. Tajo sah ihm dabei belustigt von schräg unten zu.

„Wo war ich?", fuhr Navarro dann fort, „ach so, ja. Um zum Ende zu kommen, mein Sohn musste dann so ein Projekt vorweisen, für seine Schule, und brauchte gleichzeitig noch etwas finanzielle Unterstützung. Alpakas hüten macht nicht gerade reich, weißt du? Hat mich nie gestört. Aber meinem Jungen –

dem kann ich nichts abschlagen, hatte ich das erwähnt? Irgendwie hat er es dann jedenfalls geschafft, dass Leute dafür bezahlen zu erleben, was Langsamkeit bedeutet. Haben sich wohl übernommen, die Burschen, bei dem ganzen Wirrwarr in den großen Städten. Harry hier vorn …", er deutete mit seinem Stab auf den Mann aus dem Westen, dem es gerade gelungen war, sich einem Alpaka so weit zu nähern, dass er es streicheln konnte, „… der kommt aus New York."

Beseelt winkte Harry Tajo und Navarro zu. Betont freundlich lächelnd winkten sie zurück.

„Macht irgendwas mit Burn Out, wenn ich ihn richtig verstanden habe. Ich glaube, es geht um Öl oder so. Mein Sohn jedenfalls ist glücklich. Er meinte, für das nächste Jahr muss er sich erst einmal keine Gedanken mehr um seine Miete machen. Verrückt, was die Leute so treiben. Lassen sich vor eine Kutsche spannen, wohnen in schicken grauen Käfigen und hoffen irgendwann auch einmal die Peitsche schwingen zu dürfen. Und wenn sie die Peitsche dann einmal in der Hand halten und denken, jetzt könnten sie einmal in Ruhe ihren Blick in der Umgebung schweifen lassen, fällt ihnen auf, dass sie ihre Augen trotzdem immer weiter auf die Straße richten müssen. Denn übersehen sie mal ein Steinchen, eine Kurve oder lassen sich von einer anderen Kutsche abdrängen, liegen sie und ihre ganzen treuen Pferdchen ganz schnell im Graben."

Navarro schnaubte beinahe bedauernd und sagte dann: „Dabei müssten sie sich einfach einmal auf die Wiese neben die Straße setzen und tief ein- und ausatmen, um die schöne Landschaft zu genießen."

Er machte eine Pause, ein Kondor schrie erhaben am Himmel über ihnen.

„Aber was weiß ich schon. Einen klaren Gedanken zu fassen ist wahrscheinlich gar nicht so einfach, während man in dem Getümmel angestachelter Zugpferde steckt und immerzu die Peitsche über seinem Kopf knallen hört. Und bei all dem, was sie gelernt haben, suchen sie dann irgendwann doch Rat bei einem zotteligen alten Alpaka-Hirten wie mir."

Navarro musste erneut kurz prusten, fing sich diesmal aber schneller und schaute Tajo eindringlich an. Tajo schwieg.

„Tut mir leid", sagte Navarro, „wenn mich keiner bremst, quatsche ich immer weiter, Alpakas sind dankbare Zuhörer, weißt du? Obwohl ich das Gefühl habe, *Pan de Calena*, der da vorne mit den hellbraunen Ohren, weicht mir etwas aus, seit ich ihm meine Kritik am patriarchalisch geprägten Staatensystem letzte Woche ausführlich geschildert habe. Nun ja. Und was führt dich hierher?"

Navarro sah Tajo jetzt das erste Mal etwas genauer an.

„Du bist schon etwas länger unterwegs, oder?", bemerkte er dann.

Tajo nickte unvernehmbar. Er kannte Navarro erst seit fünf Minuten und doch kam er ihm seltsam vertraut vor.

„Das stimmt", sagte er dann. „Doch nun bin ich fast am Ziel und habe doch etwas Angst vor dem, was mich erwartet."

Er hielt kurz inne.

„Ich habe auch einen Sohn, er heißt Nathaniel. Ich habe ihn lang nicht mehr gesehen. Zu lange. Und ich weiß nicht, wann ich ihn nach diesem Treffen wieder sehen werde. Vielleicht zögere ich es deshalb etwas hinaus, um das Ganze etwas auszudehnen."

Navarro sah ihn skeptisch an.

„Du solltest Zögerlichkeit und Langsamkeit nicht verwechseln. Das eine dehnt den Moment, das andere verpasst ihn."

Harry aus New York stand inzwischen auf dem Grat des Hügels und machte den Kranich, diese Yoga-Figur. Kopfschüttelnd sah Navarro zu ihm herüber und fuhr fort: „Ich habe in meinem Leben zwei Dinge verpasst: Einmal war ich zu Besuch bei meinem Onkel Esteban im Norden. Wir waren alle noch etwas müde vom Vorabend und ich zögerte das Frühstück so lange hinaus, dass ich den Bus verpasste. Mein Sohn musste noch einen Tag alleine auf die Alpakas aufpassen und schrieb am nächsten Tag eine schlechte Note in seiner Schularbeit, da er keine Zeit gehabt hatte zu lernen. Das zweite Mal hatte sich eins meiner Alpakas nach einem Sprung über einen Bachlauf verletzt. Der Bach war in der Regenzeit zu einem reißenden Fluss angeschwollen. Ich zögerte ihm zu helfen, da ich mich zunächst versichern wollte, dass der Rest der Herde vollzählig ist. Einen Moment zu lang: Das Alpaka wurde fortgerissen und erst Meilen später von einem befreundeten Bauern tot am Ufer entdeckt. Seitdem halte ich nichts mehr von Zögerlichkeit. Die verpasste Chance ist meist ärgerlicher, als ein vorschnelles Handeln, denke ich."

Während er sprach, hielt Navarro seinen Zeigefinger an die Schläfe, schnippte kurz darauf mit Mittelfinger und Daumen und sah Tajo dabei triumphierend an. Dieser sagte nichts. Er empfand es gerade als nahezu meditativ, Navarro zuzuhören. Wie einer Erzählerstimme in einem Museum, während man sich im Bann gemalter verwunschener Landschaften befindet. Doch nach einer Weile antwortete er mit leerem Blick: „Wahrscheinlich hast du recht."

Ein paar Meter entfernt rollte Harry aus New Yorker nun mit starr ausgestreckten Armen und Beinen an ihnen vorbei. Besorgt sahen Tajo und Navarro ihm hinterher.

„Ich habe ihm gesagt, um die Nähe zur Natur zu finden, muss jeder seine eigenen Methoden entwickeln. Ich denke diese war es nicht, aber wer weiß?", sagte Navarro.

Eine Weile lauschten sie weiter der Stille, die sich aus dem Plätschern eines nahegelegenen Bachlaufs, dem Getrappel einiger Alpakas und den Rufen vereinzelter Vögel zusammensetzte, die durch die Wolken kreisten.

Irgendwann sagte Tajo: „Ich kannte einmal ein Mädchen, das suchte seine Eltern. Doch trotz seiner Sehnsucht verharrte es in der Schule, in der es auch lebte, da es hier ihre Aufgabe sah, einer alternden Lehrerin unter die Arme zu greifen. Und einen Zirkus, der zusammenblieb, obwohl sie keinen Erfolg hatten, um sich zusammen neuen Aufgaben zuzuwenden. Und eine Familie, die ein Restaurant betrieb, in miserabler Lage, doch trotzdem an ihre Idee glaubte. Sie alle fühlten sich tief verbunden mit dem, was sie taten. Vielleicht ist es nur das, was unserem Harry hier fehlt. Eine Aufgabe, die er nur für sich erfüllen will. Etwas, das er wirklich für sich tut und nicht für eine ausgedachte Größe wie Geld oder Karriere. Aber wer kann das schon von sich behaupten?"

Tajo sah Navarro fordernd an und sagte: „Mal sehen, vielleicht buche ich demnächst auch noch so einen Kurs bei dir."

Navarro schnaubte erneut lachend durch die Nase aus.

„Du wärst mir jedenfalls ein besserer Gesprächspartner, habe ich das Gefühl. Ich mache dir einen Vorschlag. Meine erste Lektion lautet: Dein Zögern ist hier und jetzt vorbei und du beendest das, was du dir vorgenommen hast, in deinem Tempo. Doch der nächste Schritt ist stets der, der nach vorn führt. Und wenn du gefunden hast, was du suchst, kommst du zurück und wir quatschen noch ein wenig über die Folgen des Wirtschaftsembargos gegen Kuba auf die Nachfrage hochqualitativer Alpakawolle in den Anrainerstaaten Usbekistans, oder so."

Er grinste Tajo an, wobei er seine beiden etwas unvollständigen Zahnreihen mit voller Überzeugung entblößte. Tajo musste lachen.

„Das klingt nach einem fantastischen Plan. Aber du hast recht. Ich sollte aufbrechen. Pass mir ein bisschen auf Harry auf, sonst holt er sich noch einen Schnupfen!"

Dieser watete gerade vornübergebeugt, mit an den Hüften abgestützten Händen und nackten Füßen durch den kleinen Bachlauf und fokussierte angestrengt den Grund des Wassers. Navarro antwortete: „Keine Sorge, wir machen ihm später ein schönes warmes Feuerchen und ein Süppchen. Das war mit im Paket – so naturnah! Und du weißt doch, wer schwimmen will, muss in Kauf nehmen, nass zu werden", sagte Navarro.

„Nun denn", sagte Tajo.

„Nun denn", sagte Navarro.

Beide hoben die Hand zum Gruß und Tajo schlenderte zu seinem Rad, das er am Rand des Feldes abgestellt hatte. Schon nach den ersten Pedaltritten hatte er das Gefühl, die Luft, die er atmete, wäre plötzlich reiner, frischer, gesättigter. Ohne zurückzublicken, nahm er seine Fährte wieder auf.

Der Weg war übersät mit kleinen spitzen Steinen, die er spielerisch umfuhr, und führte ihn nun endlich hinab in das Tal, das noch zwischen ihm und seinem geschmolzenen Berg lag.

Nach und nach grub sich die Straße tiefer in das Gelände. Es bildete sich ein Hohlweg, dessen seitliche Hänge sich immer steiler neben ihm auftürmten. Die zuvor noch von einer leichten Brise getragene klare Luft wurde zunehmend stickiger in der Senke. Wie ein feuchter Schleier legte sie sich um Tajo herum und verkürzte seine Atmung; stetig trat er langsamer in die Pedale.

Durch den mangelnden Sauerstoff und die drückende Hitze überkam ihn nach kurzer Zeit eine tiefe Müdigkeit. Wie paralysiert kämpfte er sich Meter um Meter voran, bis er endlich nachgab und sich und sein Fahrrad kurz in eine moosbewachsene Mulde bettete.

Er schloss seine Augen. Doch schon einen Augenblick später fing seine Schläfe an, wie wild zu pochen. Er fuhr mit seinen Fingerspitzen über die immer noch spürbare Beule, die mit den rauen Konturen seiner Narbe gespickt war. Ein kalter Schmerz durchfuhr ihn. Der Boden unter seinen Füßen wurde weich, es war, als ob er im Sand an der Brandung des Meeres lag, während die an- und abschwellenden Wellen ihm nach und nach den Grund entzogen. Hier konnte er nicht bleiben. Benommen und gekrümmt rappelte er sich auf und wandelte langsam weiter durch den Hohlweg. Sein Blick war verschwommen, er versuchte sich daran zu erinnern, ob er schon einmal hier entlang gefahren war. Es fiel ihm nicht mehr ein – und das, obwohl er die Gegend hier eigentlich so gut kannte wie eine Maus ihre Höhle.

Kurzatmig und mit kaltem Schweiß auf der Stirn setzte er sich wieder auf sein Rad, um so schnell wie möglich diese fremde Welt hinter sich zu bringen.

Sein Blickfeld schrumpfte zusammen, die Bäume links und rechts von ihm schienen sich zu beugen und ihn wie einen Tunnel zu umgeben. Er fixierte nur noch das Ende des Waldes, das als verheißungsvoller kreisrunder Lichtschein vor ihm lag.

Die armdicke Wurzel, die quer über den Weg wucherte, konnte er so nur übersehen. Noch während er über seinen Lenker flog, sah er weiter geradeaus auf das so greifbar nahe Licht. Obwohl er den Sturz wie in Zeitlupe wahrnahm, war er doch nicht in der Lage seine Hände schützend vor seinen Kopf zu halten. Er dachte an den Kondor, der geduldig über Navarro und seinem Kopf seine Bahnen gezogen hatte, Minute um Minute, Stunde um Stunde, schwebend, bis er sich im Sturzflug auf seine Beute zubewegte.

Als hätte er jeglichen Instinkt verloren, prallte sein Körper auf den feuchten Waldboden und sein Kopf traf eine weitere dicke Wurzel. Er schloss die Augen. Für einen Moment war es still und angenehm dunkel um ihn herum. Erst dann durchfuhr ihn der grelle Schmerz, der seinen Kopf zum Beben brachte. Er richtete seinen Oberkörper ruckartig auf und sog dabei so viel Luft in seine Lungen, als hätte er seit Jahren nicht geatmet. Ein gleißender Lichtstrahl fiel in sein Gesicht; schützend hob er seine Hände der Sonne entgegen, die einen kleinen lichten Fleck im dichten Laubwerk über ihm gefunden hatte.

Er blinzelte hinauf, vorbei an seinen leuchtenden Fingern. Da war es, als könnte er es fühlen, kalt und spitz drückte es gegen seine Handflächen. Einige Nadeln des Stacheldrahts durchbohrten die Kuppen seiner Finger. Dann spürte er es auch an seiner Schläfe: Wie der Schnitt eines groben Skalpells ritze der Draht seine gegerbte Haut auf. Seine Hände wurden tiefrot. Es war, als durchlebte er es ein zweites Mal. Da ahnte er, dass er Nathaniel nicht mehr wiedersehen würde. Doch seltsamerweise löste dies nur eine Art Erleichterung in ihm aus. Als wäre der Vorrat verzweifelter Gedanken bereits erschöpft.

Er erhob sich langsam wieder. Der Schmerz an seinem Kopf ging so schnell wie er gekommen war – es war eher, als ob sich etwas in ihm gelöst hätte. Nochmals atmete er tief durch und strich mit seinen Fingern über die Blätter, die ihm von den Seiten entgegenzuwachsen schienen. Sie fühlten sich samtig an, fast schon majestätisch erhaben. Noch etwas benommen und leicht taumelnd kam er wieder zum Stehen und streifte das Laub, die losen Äste und das Moos, die an seiner Kleidung hängen geblieben waren, ab.

Der weiche Moosteppich am Hang hatte seinen Sturz wohl einigermaßen abgefedert. Er sammelte sein Rad und die Taschen ein, die einige Meter hinter ihm verteilt lagen, und fuhr behutsam wieder los. Mit jedem Meter, den er zurücklegte, lichtete sich das Dickicht, und dann, endlich, erreichte er das Ende des Waldes, wo er von einem leichten warmen Wind begrüßt wurde. Für einen Augenblick sah es so aus, als würde der Wald das herumliegende Laub in sich aufsaugen, wie ein großer Schlund – dann legte sich der Wind. Die aufgewirbelten Blätter wiegten sich langsam im Lichtspiel der Sonnenstrahlen zu Boden, und er trat heraus.

SECHZEHN

Am späten Nachmittag des darauffolgenden Tages erreichte Tajo seinen Berg. Er machte eine letzte Pause im Schatten eines hochgewachsenen Balsabaumes, an den Ausläufern des Massivs.

So nah seiner Wurzeln fühlte er sich zurückversetzt in eine Zeit, die ihm verschwommen und irgendwie schief in Erinnerung war. Manchmal hatte er das Gefühl, der Abschnitt seines Lebens, dessen unfreiwilliger Zeuge dieser Berg gewesen war, wäre vielleicht gar nicht passiert, und die Erinnerung daran wäre ihm von einer höheren Macht als Startpaket für ein mögliches verheißungsvolles Leben ins Gedächtnis gespeichert worden. Kurz verlor er sich in diesem Gedankenspiel. *Nur ein Spiel. Nur ein Spiel,* dachte er, während er mit leerem Blick ein kleines Fahrrad-Werkzeug auf und zu klappte.

Nach ein paar Momenten sammelte er sich und beschloss, für einen besseren Blick ein paar Meter den porösen Hang hinaufzukraxeln. Sein Heimatdorf lag noch etwa eine Tagesreise entfernt, eingebettet in dem gegenüberliegenden Mosaik aus Fels- und Weidenelementen, Bächen und Moosteppichen. Er richtete seinen Blick nach oben – noch nie zuvor hatte er Wolken so schnell über den Himmel ziehen sehen. Und das, obwohl dort, wo er stand, kein Wind zu spüren war. Genau genommen herrschte völlige Windstille, wie Tajo verdutzt feststellte. Die Bäume standen regungslos da, kein Laut war zu hören.

Er versuchte, sich nicht zu sehr den Kopf darüber zu zerbrechen und lieber die Aussicht zu genießen, die ihm ringsherum so grenzenlos erschien. Grenzenlos bunt östlich seines Dorfes, wo die Wildblumen auf einer Weide blühten, deren

Farben sich im Wiegen des Windes kaleidoskopisch ineinander schachtelten.

Grenzenlos flach daneben, wo ihn ein Hochplateau mit seinem graubraunen, milchig staubigen Äther anzuhauchen schien – ein Hauch wie ein verzweifelter Versuch, ihn zu ködern, zu locken in eine Welt voll schmerzhafter Realität und schonungsloser Wahrheit.

Grenzenlos frei dagegen der Blick nach oben, wo am Himmel nun die ersten Sterne zu funkeln begannen, mit ihrer grenzenlosen Leere dazwischen.

Es war, als ob er durch seine Augen atmete und alles, was er erblickte, tief in sich aufsog und zu einem Teil seiner selbst werden ließ. Also atmete er tief ein – und nur langsam wieder aus. Etwas bewirkte in ihm eine Erwartung kommender Klarheit.

Im nächsten Moment vernahm er ein dumpfes Getrappel. Er senkte den Blick und sah auf dem gegenüberliegenden Hügel eine Herde Kasuare durch das dunkle Gestrüpp strömen, einem helleren Landstrich entgegen. Wie sie dort, ihrer Flugkraft beraubt, beinahe unbeholfen tapsten, konnte man nur ahnen, wie sie vor tausenden Jahren einmal anmutig durch die Luft geflogen sein mochten. In einer Zeit, an die keine Erinnerung besteht, die existiert wie weiße Schrift auf weißem Papier.

Sie zogen vorbei. Tajo hörte nun nichts, außer dem aufgekommenen unbeständigen, aber gleichmäßigen Wind und dem Zirpen einsamer Zikaden. Nichts konnte diesen Ort aus der Ruhe bringen, schien es. Seit einer Ewigkeit lag dieses Tal so da, begleitet vom Konzert kleiner Insekten, und vielleicht – ja bestimmt – wird es das auch noch die kommende Ewigkeit, dachte er. Für diese Zeiten musste er die Bedeutung eines hinabtänzelnden Ahornblattes haben.

Er besann sich und richtete behutsam seinen Blick auf das Haus, in dem er einst gelebt hatte. Der Anblick war vertraut und fühlte sich dennoch so unwirklich und fremd an.

Aus einem der Fenster war ein Lichtschein zu sehen, der unregelmäßig pulsierte – vielleicht von einer Flamme, die nicht stillstehen wollte. Am Himmel darüber hatten Flugzeuge drei parallele Kondensstreifen hinterlassen, die aussahen, als hätte eine Wildkatze ihre Krallen in das Blau geschlagen. Mit gekrümmten Fingerkuppen fuhr er den Streifen nach. Dann setzte er sich wieder in Bewegung, das Rad fuhr nun fast wie von allein.

Schon bald hatte er den langen, leicht ansteigenden Weg erreicht, der zu dem kleinen Hof führte. Er musterte das Haus: die herausstehenden Astansätze an den Stützen der Veranda, die Struktur, die die Bruchsteine der Außenwände zeichneten, der etwas schräge, grünlich verwitterte Fensterrahmen links der Eingangstür. Alles war wie früher. Lediglich einige Kleinigkeiten störten ihn, die er anders in Erinnerung hatte: Das Dach des kleinen Vorbaus war von Moos durchsetzt und das Holz der Stützen moderte vor sich hin. Er hatte den plötzlichen Drang, Dinge auszubessern – warum hatte er dies nicht schon längst erledigt?

Er stand inzwischen an der kleinen, aus geschichteten Findlingen bestehenden Mauer, die das Grundstück des Hauses abgrenzte. Unter der Außenkante des Dachs hing ein metallenes Windspiel, das angeregt durch eine Windböe eine Tonfolge erklingen ließ. Die zerbrechliche Melodie war, als diente sie als Erkennungsthema des Hauses – wie ein willkommenes Déjà-vu. Er heftete seinen Blick auf die hölzerne Eingangstür. Der Wind wehte ihm die mittlerweile lang gewordenen Haare vor die Augen. Augenblicke später lehnte er sein Rad an die Mauer, ging die letzten Schritte bis zur Veranda und klopfte an die massive, brüchige Tür. Etwas kitzelte ihn am Ohr, für einen Moment hatte er das Gefühl, jemand beobachte ihn. In einer flüchtigen Bewegung blickte er über seine Schulter, doch niemand war zu sehen.

Schritte näherten sich und die Tür öffnete sich. Tajos Gesichtsausdruck verzog sich.

„Juanita?", sagte er.

Mit klarer Miene und durchdringendem Blick sah die Frau hinter der Tür ihn an.

„Tajo, da bist du ja. Komm doch rein", sagte sie dann, offenbar wenig überrascht von seinem Erscheinen. Er war sich selbst nicht mehr ganz sicher, was er erwartete hatte, doch Juanitas Selbstverständlichkeit setzte ihn kurzfristig außer Gefecht. Mit leerem Blick sah er an ihr vorbei, hinein in das Haus. Juanita stand noch immer seitlich hinter der Tür und hielt den einen Arm abgewinkelt in den Flur gerichtet, um ihm den Weg zu weisen.

Zögerlich setzte er sich in Bewegung, da sah er weiter hinten einen Jungen durch den Flur laufen und blieb abrupt stehen – schon war er wieder verschwunden. War das, konnte es sein?

„Nathaniel!", rief er.

Juanita wandte sich um und sah dann wieder zu ihm.

„Tajo … mein Tajo. Komm doch herein."

Ein ungutes Gefühl beschlich ihn. Vorsichtig durchschritt er unter Juanitas besorgtem Blick den schmalen Flur bis zur Küche. Die Wände waren karg, der weiße Putz von Rissen durchzogen. Stellenweise hatten sich bereits große Stücke davon gelöst und gaben in Fetzen den lehmigen Untergrund der weißen Flächen frei.

Gegenüber der Tür, die zur Küche führte, hing ein einzelnes Foto, dem von dem unsteten Flackern einer Öllampe ein Stück Lebendigkeit eingehaucht wurde. Es zeigte Juanita und Tajo, wie sie vor dem halb fertigen Haus auf einem Hügel aus

Bauschutt thronen und erschöpft, aber gelöst in die Kamera schauen.

Seinem Blick folgend sagte Juanita: „Es ist schön, dich zu sehen nach all der Zeit."

Sie nahm das Bild von der Wand, um es näher zu betrachten.

„Viel hat sich hier nicht getan", sagte sie. „Hier und da habe ich ein paar Dinge ausgebessert. Nur das Vordach neu zu decken, das habe ich dir gelassen, das hattest du mir versprochen."

Er erinnerte sich. Irgendwie kam ihm das bekannt vor, und er antwortete: „Du hast recht, tut mir leid. Das habe ich wohl nicht mehr geschafft."

Mit knappem, aber unmissverständlichem Blick in Richtung des Küchentischs und der darüber hängenden Uhr drang sie ihn, sich zu setzen.

„Es ist Zeit, der Tee wird bitter", sagte sie.

Tajo nickte, er erinnerte sich und antwortete mit einem Lächeln: „So? Dann ist er gerade recht."

Er nahm Platz, und zwar, aus unbewusster Gewohnheit, wie er sich immer an diesen Tisch gesetzt hatte: mit dem Rücken an die Wand gelehnt und seinem linken Arm auf der Stuhllehne. Auf der Küchenzeile ihm gegenüber bereitete Juanita den Tee zu. Für einen Moment hatte er sich damit abgefunden, nichts zu verstehen und wie ein Patient geduldig abzuwarten, bis ihm jemand die nächsten Schritte erklärte, über die nachzudenken zwecklos wäre. Es war, als ob er sich in einer anderen Welt befand, seit er über die Türschwelle getreten war. All seine Gedanken und Zweifel waren plötzlich einer sanften, angenehmen Leere gewichen.

Um sich zu beschäftigen, blickte er sich in der Küche um, wie es ein Gast tun würde, der sich zum ersten Mal in diesem Raum aufhält.

An der Wand, an der er lehnte, entdeckte er ein kleines Foto in einem hölzernen, dunkelbraunen Rahmen. Behutsam nahm er es vom Haken. Es war etwas verblichen – er kniff seine Augen zusammen, um es besser erkennen zu können. Ungläubig hielt er es noch näher vor sein Gesicht.

Dann musste er lächeln – wie hatte er dieses Bild vergessen können?

Er drehte das Bild herum und las, was dort in leserlicher, geschwungener Schreibschrift geschrieben stand: *Nathaniel, 1994.*

Seine Gesichtszüge wandelten sich, Panik stieg in ihm auf. Hatte er wirklich vergessen, warum er eigentlich hier war? Schlagartig stand er auf und sagte hastig: „Nathaniel! Was … wo ist er?"

Mit geweiteten Augen wandte er sich zu Juanita. Sie sah ihn verzweifelt und gleichzeitig auffordernd an, wie man ein Kind ansieht, um es zu ermuntern, die Antwort auf seine gerade gestellte Frage selbst zu finden. Etwas in ihm löste sich, er atmete langsam und tief. Es gelang ihm. Noch immer stand er vor dem Tisch und hielt mit auf der Platte aufgestützten Armen einige Sekunden inne.

Dann schloss er die Augen und sah sich vor seinem geistigen Auge aus der Vogelperspektive durch das aufpeitschende Weidengras laufen und neben sich einen Jungen – Nathaniel: still, doch mit Panik in den Augen. Hinter ihnen hörte er Schüsse – genauer gesagt: ein Schuss, der sich ständig wiederholt. Er wird nicht lauter und nicht leiser. Er ist mehr wie eine dumpfe Explosion. Und immer dieser langgezogene Hall, als ob der Knall aus einer tiefen Höhle stammt und so seinen grauenhaften Klang vervielfältigt. Sie tauchen in das Weidengras ab und tauchen auf. Die Schüsse verstummen. Sie tauchen ab; das hohe Gras schlägt ihm ins Gesicht. Sie tauchen auf – Nathaniel ist verschwunden. Tajo taucht ab, taucht auf und hält plötzlich ein Kind in seinen Armen. Er sieht hinab und sieht das Blut auf seiner Kleidung. Dann blickt er in das Gesicht des Kindes: Es ist blass und leer. Nathaniel blickt nur noch mit schlitzförmig geöffneten Augen zurück.

„Nathaniel!", hört Tajo sich dann verzweifelt schreien.

Ein weiterer Schuss ertönt. Tajo öffnete seine Augen.

„Nathaniel!"

Er begriff, er resignierte und hörte sich erneut sagen: „Nathaniel …"

Sein Blick ging stumm geradeaus, ins Leere, durch die Möbel und Wände hindurch.

Nur ein Wort bekam er mit einem letzten verzweifelten Hauch noch heraus: „Wo?"

Juanita schaute ihn besorgt, aber dennoch gefasst an und sagte dann: „Lass uns gehen."

Sie nahm ihn an der Hand, führte ihn zur Tür hinaus und in das Tal, das hinter der kleinen Häuser-Ansammlung begann. Er fühlte sich wie aus einem allzu realen Traum erwacht. Man öffnet die Augen und blickt sich verwundert um. Doch nach ein paar Momenten ist man nicht mehr überrascht von der Wirklichkeit, in die man zurückkehrt. Es macht es nicht besser, es macht es nicht schlechter. Es ist, wie es ist.

Er spürte einen warmen Westwind auf seiner Haut, doch von den Füßen stieg eine eisige Kälte empor. Er blickte in Richtung der Steppe, die ihn zuvor mit ihrem warmen Hauch zu locken schien. Der Sanddunst hatte sich gelegt, die Sicht war nun klar, die Berge in der Ferne waberten durch die aufgewärmte Wüstenluft.

Nachdem sie den Weg durch die Senke schweigend zurückgelegt hatten, erklommen sie auf der anderen Seite des Tals einen natürlich geformten Einschnitt, der sich wie eine Terrasse in den Berg gearbeitet hatte. Nahe der hinteren Felswand erblickte Tajo ein hölzernes Kreuz, mehr grau als braun, verwittert durch die Zeit. Auf dem steinernen Boden vor dem Kreuz lagen lose verstreut vertrocknete Weidenblüten. Auf dem Kreuz hob sich eine Inschrift aus Metallbeschlägen hervor: *Nathaniel †1995*

Stumm blickte er auf das Kreuz, dann in Richtung eines auffliegenden Krähenpaars, das die beiden Ankömmlinge von dem Gipfel aus beobachtet hatte. Er senkte seinen Blick zu seinen Handflächen, die er ohne eigenes Zutun vor seinem Körper und in Richtung Himmel geöffnet hielt.

Einige Augenblicke vergingen. Dann sagte Juanita inmitten der Stille: „Du konntest nichts dafür."

Die aufsteigende Kälte hatte mittlerweile den Weg in seine Hände gefunden. Er versuchte das Gefühl in den schon leicht zitternden Fingergliedern durch wiederkehrendes Öffnen und Schließen zurückzugewinnen, doch es half nichts.

„Ich habe ihn ermutigt", sagte er.

„Ja, doch du wolltest einen Entdecker aus ihm machen, was war falsch daran? Wer ahnt dieses Risiko? Diesem Schicksal konntet ihr nicht entkommen."

Tajo nickte unmerklich und sagte flüsternd, als spreche er einen Fluch aus: „Er wollte nur diese letzte Feder finden, beinahe hätte er sie gehabt. Diese verdammten Guerillas."

Ungläubig sahen sie weiterhin mit verlorenem Blick auf das kleine Kreuz. Es war still, Tajo erstarrte, und nur die kleinen fächerartigen Furchen um seine Augenwinkel bebten leicht.

Nach ein paar Momenten sagte Juanita: „So viel hat es zunichtegemacht. Doch hier stehen wir nun nach all der Zeit – wir haben nicht nur ihn verloren in dieser Nacht."

„Der Kondor muss ganz nah gewesen sein", sagte Tajo, „ich war unvorsichtig. Ich hätte ihn nicht so weit vorauslaufen lassen sollen. Wir hatten das Gebiet doch schon so oft durchstreift. Ich dachte, es wäre sicher."

Minensucher hatten das Waldstück bereits Jahre zuvor freigegeben. Doch diese eine mussten sie übersehen haben.

Juanita stützte sich etwas an Tajo. Er hielt seine Arme weiterhin mit den Handflächen nach oben vor sich ausgestreckt, als wollte er einen Stapel Brennholz tragen.

Nathaniels Verletzungen waren zu stark, er starb in Tajos Armen, während er über die Weidenfelder zu ihrem Haus lief. Rannte, so schnell ihn seine Beine trugen, zu einem sicheren Ort, den es für sie nicht gab, und den er von nun an sein Leben lang suchen sollte.

Dass er sich an einem der Stacheldrähte, die die Schafe des Nachbarn vor Raubtieren schützen sollten, eine tiefe Wunde an der Schläfe zuzog, hatte er in diesem Moment nicht einmal wahrgenommen. Nathaniels Hände umklammerten indessen fest die Feder eines Kondors, die letzte, die ihm fehlte.

Minuten, Stunden, eine Ewigkeit standen Juanita und Tajo dort, kalt, leer, auf dem harten Felsen. Alles war gesagt, nichts zu ändern, keiner brachte eine Silbe hervor. Irgendwann, es dämmerte bereits, sah Juanita zu Tajo herüber und nickte in Richtung ihres Hauses, zum Zeichen zurückzukehren. Doch er war noch nicht bereit.

„Ich komme nach", sagte er nur und erwiderte ihren Blick unlesbar.

Sie nickte und verließ den Ort erst zögerlich, doch dann mit entschlossenen Schritten – Tajo blieb.

Er blieb, wieder allein, doch diesmal mit einer seligen Klarheit, umgeben von der Stille, die er so liebte. Er wusste, wenn man sich konzentrierte, war die Stille wie ein Stimmengewirr, das es nur zu entknoten galt. Wenn man nur genau genug hinhörte, konnte man ein Flüstern heraushören, das mal Pandoras Büchse und mal dem Apfel der Erkenntnis zu entspringen schien.

Er akzeptierte die Welt, wie sie war. Für einen kurzen Moment glaubte er, dass doch alles einem festen Plan folgen könnte. Aber was für ein finsterer Plan sollte das sein? Wie um den Gedanken abzuschließen, kippte er seinen Kopf, sodass sich ein Doppelkinn an seinem Hals bildete. Dann blickte er hinauf zum Himmel und beschloss, zurück zum Haus zu gehen. Es gab nun doch noch viel zu besprechen mit Juanita. Bevor er ging, griff er noch in seine Jacke. Aus einer Innentasche holte er etwas hervor: die Feder eines Kondors. Die Feder, die ihm vor langer Zeit ein kleiner Junge an einem Bahnhof in Bolivien geschenkt hatte. Er formte einen kleinen Erdwall neben dem Kreuz und steckte die Feder hinein. Dann ging er ein paar Schritte rückwärts, drehte sich um und verschwand hinter dem Berghang.

EPILOG I

Juanita schenkte mir noch etwas Kaffee nach, in dem ich gedankenverloren rührte. Er war bitter und tiefschwarz. Der Zopf, den sie trug, löste sich beständig, sodass sie ihn in lästiger Routine alle paar Minuten neu bändigen musste – immer und immer wieder.

Ich hörte diese, ihre Geschichte; ich kam mit anderen Erwartungen, doch war es diese Geschichte, die mich fast schon traumwandlerisch zurück auf diesen Kontinent gelockt hatte.

Im Laufe meiner eigenen Reise durch Peru und Bolivien war meine Begegnung mit Tajo immer weiter in Vergessenheit geraten. Ich hatte so viele interessante Menschen kennengelernt, so viele Orte gesehen und Eindrücke gesammelt, es sollte etwas dauern, alle einzuordnen. Doch als ich bereits einige Monate wieder zurück in meinem Breitengrad war, schlich sich Tajos Geschichte immer öfter in meinen Alltag und ließ mich schließlich wie ein hartnäckiger Ohrwurm nicht mehr los. Zu gern wollte ich wissen, wie es dem Mann auf dem zerschlissenen Fahrrad nach unserem Treffen auf der weißen Bank vor dem kleinen Bahnhof in Oruro ergangen war.

Ich beschloss, so bald wie möglich nach Kolumbien zu reisen, um das Land kennenzulernen, mit einem Funken Hoffnung, Tajo irgendwie zu treffen. Er hatte mir sein Ziel damals lebendig ausgemalt, sodass ich nach etwas Recherche die passende Region ausfindig gemacht hatte. *Ciego Impala* war so klein, dass es auf keiner Karte zu finden war. Doch als ich schließlich in der Region *Negro Mayo* angelangt war, erkannte ich das Tal und die Landschaft sofort wieder – gerade, als ob sie meiner eigenen Erinnerung entsprungen war: Vor mir lag die Bergkuppe, die mit ihren ins Tal fließenden Bächen wie eine schmelzende Kugel Limonen-Eis aussah. Daneben die mit

Heidekraut bewachsene Erhebung, deren eingedrückte Seite den idealen Aussichtspunkt bildete, um das Tal zu verstehen, und zur Rechten der Hügel mit den runden Häuschen, die an die Strohhütten der *Muiscas* erinnerten. Schließlich entdeckte ich noch die kleinen verschachtelten Steinhütten auf der Anhöhe – ja, hier musste es sein, dies war Tajos Ort.

Es dämmerte bereits, als ich mich zu dem Bauernhaus begab, in dem zwar kein Licht brannte, ich aber dennoch hoffte jemanden anzutreffen.

Ich klopfte dreimal. Augenblicke später hörte ich Schritte im Haus und eine mittelalte Frau öffnete mir die Tür. Konnte es sein? Sie sah der Frau aus Tajos Erzählungen erstaunlich ähnlich, doch hatte ich nicht erwartet, sie hier anzutreffen. Aufs Geratewohl fragte ich: „Juanita?"

Erstaunt blickte sie mich an.

Ich versuchte mich zu erklären: „Ich suche einen Mann namens Tajo, wir waren beide Reisende und trafen uns am Rand einer Wüste. Ich hatte gehofft ihn hier zu finden, hat er hier gewohnt?"

Wortlos bat sie mich hinein und lotste mich zu dem Tisch, an dem auch Tajo schon so viele Stunden gesessen hatte.

Zunächst fühlte ich mich noch fehl am Platz, ich traute mich kaum, ihr konkrete Fragen zu stellen – im Grunde waren wir Fremde. Doch ich weiß nicht, ob sie etwas in mir gesehen hatte oder ob sie diese Vertrautheit jedem schenkte: Nach einer Weile verflog jegliche Befremdung, und ich hatte das Gefühl, ein ebenbürtiger Gesprächspartner zu sein, als sie mir ihre Geschichte erzählte.

Nun legte sie eine längere Gesprächspause ein, in der sie mit nachlässigen Zügen den Rest ihrer Zigarette rauchte und unter der Fensterbank des Küchentischs ausdrückte.

„Und so habt ihr euch also aus den Augen verloren", sagte ich nach einer Weile wie in Trance. Wir waren umgeben von einem Meer der Stille, seit Stunden gab es nur die Geschichte und uns. Juanita nickte und sagte:

„Es hatte etwas in ihm ausgelöst. Eines Morgens war er fort. Er verschwand, ohne etwas zu sagen. Ich weiß nicht, wie viele Tage vergangen waren, seit er mit dem leblosen Körper Nathaniels vor dieser Türe stand. Getrieben wie ein Aussätziger, verstoßen vom Leben, wie ein Magnet in einer Welt aus Gegenpolen. Er wandelte durch eine Wüste der Verzweiflung, ohne den Weg heraus zu kennen und irgendwann auch ohne zu wissen, wie er eigentlich hineingeraten war. Wie Rapunzels Prinz, blind nach dem Verlust seines Lebensinhalts. Wie im Schlaf war er durch die Lande gezogen auf der Suche nach einem Schweif am Horizont, der ihn befreien konnte oder wenigstens eine Erinnerungsstütze lieferte, was diese Ödnis heraufbeschworen hatte.

Die Erinnerungen an diesen Tag, diese Stunde, diesen Moment, in dem ihm bewusstwurde, dass Nathaniel für immer verloren war, waren in den ersten Wochen zunächst schleichend lauter geworden, immer pochender, immer hartnäckiger. Irgendwann waren sie wie eine Flut, die keinen anderen Gedanken mehr zuließ. Eines Tages dann legte etwas in ihm einen Schalter um und begrub diese Erinnerung unter einem dunstigen dichten Schleier.

Seitdem war er gefangen in der Idee, nur ein Leben in Bewegung wäre für ihn sicher. Er verlor jeglichen Bezug und Halt, nur der nächste Ort, die nächste Steppe, der Wind im Nacken und die Sonne am Ende der Straße gaben ihm eine Perspektive, ein Ziel, den Blick immer nur nach vorn gerichtet.

Der Nebel, dem er zu entkommen versuchte, wurde hinter ihm immer dichter. Mit der Zeit erkannte er nur noch schemenhafte Gestalten und wabernde Konturen seiner Erinnerungen, wenn er einen Blick zurück über die Schulter warf.

Und doch zog es ihn dann irgendwann wieder dorthin zurück, zurück in den Nebel, als er das Ende der Straße sah."

Juanita hielt kurz inne und zündete sich eine dünne Zigarette an, die sie sich währenddessen gedreht hatte. Dann sah sie durch das Fenster einem Vogel hinterher, der eben noch auf dem Zaun gesessen hatte, und fuhr fort: „Er war so lange verschwunden, so lange hatte ich nichts von ihm gehört. Nach und nach wurde er auch für mich zu einer verblassenden Erinnerung. Ich trage ihm nichts nach – bestimmt kennst du das Sprichwort, denn es ist wahr: Jeder Vorwurf ist nur ein weiterer Sargnagel für die Freundschaft – hast du genügend gesammelt, kannst du sie begraben. Manchmal muss jeder seine eigene Geschichte schreiben. Er fuhr davon – ich konnte ihn nicht halten."

An diesem Tag hatten Nathaniel und Tajo bei einer Tour durch eine nahegelegene Weidelandschaft einen Kondor über ihren Köpfen entdeckt und beobachtet, wie er in der Nähe hinabgestiegen war.

„Er muss in einem der Bäume dort im Wald gelandet sein", hatte Nathaniel aufgeregt gerufen. Sein zehnter Geburtstag stand bevor, und zu diesem Anlass seine Kette, die bereits mit Federn außergewöhnlicher und exotischer Vögel bestückt war, mit der Feder eines Kondors zu vollenden, hätte ihm einiges bedeutet. Tajo wusste das, also machten sie sich daran, die Gegend zu erkunden, in der der Kondor gelandet sein musste. Während Tajo Ausschau hielt und die umliegenden Baumwipfel absuchte, verlor er seinen Jungen aus dem Blick. Wahrscheinlich war er für eine bessere Aussicht auf einen der Bäume geklettert, dachte er.

Da erklang aus dem Nichts ein dumpfer Knall, der klang, als wäre irgendwo im Umkreis ein Asteroid eingeschlagen. Dann hörte er einen Schrei. Einen Schrei, der sich für immer in die Tiefen seines Verstands brennen sollte. Kurz darauf umgab ihn ein ohrenbetäubendes Rauschen und Rascheln, als würden alle umliegenden Bäume versuchen, sich vor Schreck aus ihrer Verwurzelung zu winden. Sein Blut gefror, seine Armhaare stellten sich auf. Unfähig zu sprechen, fand er nur mühsam seine Stimme wieder, während er in Richtung des Schreis lief: „Nathaniel", flüsterte er, krächzte er. „Nathaniel!", schrie er. Das Raunen des Waldes wurde zu seinem Klagelied – es war zu spät.

Ungläubig und betroffen fiel es mir einige Minuten schwer, etwas zu sagen. Kein Wort erschien mir passend, doch ich erkannte in Juanitas Blick, dass keine Worte erforderlich waren. Wir schwiegen mehrere Minuten, die sich anfühlten, als fänden sie weit fort von hier statt.

Irgendwann fiel mir wieder der eigentliche Grund meines Erscheinens vor ihrer Haustüre ein: Tajo. Behutsam fragte ich sie nach seinem jetzigen Befinden, doch sie antwortete nur flüchtig. Offenbar war dies der Punkt, über den es ihr unangenehm war zu sprechen, also schluckte ich meine Neugierde vorerst herunter.

Doch meine Frage, was mit ihr selbst geschehen war, nachdem sie ihren Sohn verloren hatte und dann auch noch Tajo verschwunden war, beantwortete sie bereitwillig. Erneut drückte sie eine Zigarette aus – die Kante des Fensterbretts war bereits übersät mit unzähligen kleinen Brandflecken. Dann sagte sie: „Es dauerte zwei Tage. Zwei Tage, an denen ich nichts tat, an denen ich nur an diesem Küchentisch hier saß. Alles, was ich konnte, war verharren. Verharren und aus dem Fenster starren. Ich war wie diese Pflanze hier."

Verächtlich fuhr sie mit der flachen Hand an den Blättern des Farns entlang, der auf der Fensterbank stand.

„Dann kam der dritte Tag. Ich stand auf und setzte mich an den Tisch, genau wie die Tage zuvor. Doch etwas an diesem Morgen war anders: Zwischen den zwei Berggipfeln dort vorne sah ich etwas leuchten. Wahrscheinlich die Sonne, die sich an den Felswänden brach. Ich stand auf und ging los, verführt von dem fast vergessenen Glanz, der mich von dort aus anlockte. Dann plötzlich spürte ich etwas in mir, einen Drang zu laufen, ein Drang, mich zu bewegen so schnell wie möglich, am liebsten wollte ich fliegen, schweben, fallen. Erst ging ich ein paar Schritte den Weg hinauf, dann wurde ich allmählich schneller, bis ich endlich so schnell lief wie ich konnte. Ich hörte nicht mehr auf, bis sich die Sonne schon hoch über meinem Kopf befand. Ich stand jetzt auf einem kleinen Hügel, es muss ungefähr dort vorne gewesen sein."

Sie deutete mit einer flüchtigen Handbewegung hinaus aus dem Küchenfenster.

„Als ich dort stand, war alles still. Doch nicht nur still – es war, als ob ich plötzlich taub geworden wäre, nicht mal den Wind konnte ich hören, und ich weiß noch, wie ich anfing zu schreien. Es passierte einfach, wie fremdgesteuert: Ich erinnere mich, wie ich selbst darüber erschrak. Doch noch mehr erschrak ich darüber, dass ich selbst meinen Schrei nicht hören konnte. Ich schrie aus vollem Leibe und war doch umgeben von Stille – kannst du dir das vorstellen? Ich schrie so lange, bis ich atemlos vornüberkippte und auf den Knien nach Luft rang, es war, als hätte etwas von mir Besitz ergriffen. Nur vage kann ich mich erinnern, wie ich später nach Hause kam – es setzte sich ein Fuß vor den anderen. Zehe für Zehe, Ferse für Ferse, wie ein Stein, der durch einen Windstoß ins Rollen gekommen ist. Irgendwann kam ich wieder hier auf dem Hof an, und schon von weitem sah ich, wie unsere beiden Katzen verspielt dort vorn umhersprangen und dabei den Staub am Boden aufwirbelten. Sie hatten einen kleinen Vogel gefangen und spielten noch mit dem Kadaver, bevor sie ihn endlich in Gänze verschlangen. Alles im Hof war übersät von Fetzen und Federn.

Gleichgültig ging ich in die Küche und kochte Tee. Alles lag nach wie vor unter einem Mantel der Stille. Doch als ich den Tee in diese Tasse hier goss, war sie plötzlich durchbrochen und ich hörte den Tee in die Tasse plätschern. Es kam so laut und plötzlich, dass ich zusammenzuckte und mir vor Schreck das heiße Wasser über die Hand schüttete. Erneut schrie ich kurz auf, soweit es meine heisere Stimme noch zuließ, doch diesmal war es ein Aufschrei der Freude, tief aus meinem Inneren.

Von da an fand ich nach und nach wieder zurück, ich las die Federn vom Hof auf und begann all die liegengebliebene Arbeit zu erledigen. Ich arbeitete und arbeitete und verstand langsam, dass es weitergehen musste, auch wenn es nie mehr so sein könnte wie zuvor …"

Das Sonnenlicht, das die Küche erhellte, verlor langsam an Kraft und hinterließ ein letztes Glimmen im Raum. In meiner Tasse befand sich ein letzter Rest des bitteren Kaffees. Er war kalt geworden und etwas Pulver hatte sich in der verbleibenden Schicht abgesetzt. Noch einmal nippte ich daran, bereute diesen Schluck aber sofort und schob die Tasse in Richtung Tischmitte. Juanita beobachtete meine Finger, die sich darauf wie beschämt zu einem Knäuel zusammenzogen. Eine kurze Leere tat sich auf, es war Zeit für mich zu gehen. Vielleicht würde ich eines Tages zurückkehren, vielleicht würde es auch Tajo, vielleicht würde etwas die Leere füllen.

Ich erinnere mich, wie ich später in einiger Entfernung zu Juanitas Haus der Sonne dabei zusah, wie sie unterging. Für einen kurzen Moment wurde mir etwas schwindelig, als ich beobachtete, wie der Horizont sich bewegte – langsam aber beständig über meinen Kopf hinweg.

EPILOG II

„Nadie! Wann wurde denn dieser Zaun zum letzten Mal repariert? Jede zweite Latte ist durchgefault und vom Anstrich ist auch nichts mehr übrig. Sollen wir das Ganze nicht lieber abreißen und neu aufbauen?"

Die Sonne stand schon tief über der Schule, einige Wolken hatten sich davor verirrt. Neben dem Hämmern am Zaun war nur noch das Rauschen des Windes aus den angrenzenden Wiesen und Weiden zu hören. Die Luft roch angenehm feucht, hin und wieder wehte eine Brise frisch gebratenen Fischs aus der Küchenhütte herüber.

Nadie wuchtete eine morsche Holzkiste in Richtung des Bretter-Zauns, gefüllt mit Nägeln und einem großen Topf Farbe, der schon mehrfach übergelaufen war. Wie zum Beweis seines antiquarischen Alters überlagerten sich mehrere tropfenförmige Schichten des Grüns auf dem Blechzylinder.

„Der Zaun bleibt, wir haben abgestimmt! Alle Kinder waren dafür. Du schaffst das schon!"

Missmutig ließ Tajo eine der morschen Latten fallen, die er mit minimalem Kraftaufwand von dem Rest des Zauns gelöst hatte.

„Nun gut", sagte er, „aber ich sag's dir gleich, der Zaun wird hinterher eher von der Farbe als vom Holz zusammengehalten."

Nadie hielt ihm grinsend einen knochentrockenen Pinsel entgegen und erwiderte: „Willst du nun helfen, oder nicht?"

Tajo streckte die Hand aus.

„Aber sicher."

Er nahm Pinsel und Farbtopf entgegen und begann, den eingetrockneten Farbeimer mit einem Schraubenzieher aufzuhebeln. Im Grunde war es egal, was er tat, jedwede Tätigkeit genügte, um die wohltuende Stille in ihm aufrechtzuerhalten.

Der Farbtopf ploppte auf, aus seinem Inneren drang eine Staubwolke ins Freie, als hätte er ein Pharaonengrab geöffnet. Instinktiv hielt er die Dose mit ausgestreckten Armen und geschlossenen Augen in den Wind, bis die froschgrüne Wolke sich verzogen hatte. Da drang plötzlich ein Gepolter aus dem nahegelegenen Küchenhaus zu ihm, das klang, als ob ein Stapel Töpfe und Pfannen umgekippt war. Darauf folgte ein hochfrequentes Kauderwelsch. Er öffnete die Augen einen Schlitz breit und sah im nächsten Moment Juanita mit schützend über dem Kopf gehaltenen Händen aus der Hütte stürmen. Lachend rief er ihr entgegen: „Du gibst nicht klein bei, was?"

Nach einem kurzen Sprint kam Juanita neben dem Zaun zum Stehen, beugte sich vornüber, stützte ihre Hände auf die Oberschenkel, rang nach Luft und sagte mit einem Strahlen in den Augen: „Ach was, ich glaube, ich habe sie nur etwas falsch verstanden. Zitronensaft darf natürlich erst nach dem Braten an den Fisch."

Sie setzte eine gewissenhafte Miene auf.

„An unserer Kommunikation arbeiten wir noch. Kommst du voran?"

„Und wie!", sagte Tajo und warf dem Zaun einen verächtlichen Blick zu. „Sisyphus würde sagen: Solange du Arbeit hast, geht es dir gut."

Erneut drang nun ein Poltern aus der Küchenhütte und strammen Schrittes kam Mayito zu ihnen herübergeeilt. Sie rief Juanita etwas zu, legte dann einen Arm um ihre Schultern, als sie sie erreicht hatte und bewegte sie sanft aber bestimmt zurück zum dampfenden Grill.

„Ich muss das mal probieren, bis gleich!", rief Juanita noch und eilte mit Mayito davon.

Tajo sah ihnen nach und machte sich dann an sein Werk; kurz darauf drang aus der Hütte lautes Gelächter.

Etwas später am Abend, die Sonne war bereits untergegangen, saßen die vier nach dem Essen auf der Veranda und blickten stumm in den funkelnden Himmel. Die Teller auf dem Tisch vor ihnen waren bis auf die Gräten leer gegessen und Caesar und Napoleon hielten ihnen unter dem Tisch die Füße warm. Nadie fielen bereits langsam die Augen zu. Es herrschte ein wohliges Schweigen, das nur ab und an von einem Seufzer zufriedener Sättigung unterbrochen wurde. Plötzlich fuhr Nadie hoch, aufgeschreckt aus einem Sekundenschlaf und sagte behutsam: „Das Gute ist: Erst wenn man weiß, was einem fehlt, weiß man auch, was man wirklich braucht."

Etwas verdutzt sahen sich Juanita, Mayito und Tajo an. Dann stand Nadie auf, blickte noch einmal konzentriert hoch zu den Sternen, wie um einen Gedanken abzuschließen, strich mit ihren Handrücken die Tischdecke an ihrem Platz glatt, nickte kurz zum Abschied und verschwand schließlich hinter der weiß blauen Tür hinter ihnen, die zum Wohnraum führte.

Dort tappte sie durch den dunklen Raum und stolperte über eine kleine Ledertasche, die Tajo gehörte. Mit leisem Klacken fiel dabei eine Plastikdose heraus, die Nadie schlaftrunken aufhob. Auf der Schatulle befand sich ein kleines Etikett. Sie hielt es in den silbrigen Mondschein, der durch eines der Fenster fiel und las mit zusammengekniffenen Augen:

„Idsinon - Wirkstoff Levomepromazin(A.psychotika)"

Stirnrunzelnd steckte sie die Dose zurück in die Tasche und verschwand in der Dunkelheit des nächsten Raumes.

Bis in die frühen Morgenstunden saßen Juanita und Tajo noch auf der Veranda, saßen, redeten und schwiegen. Als die Sonne allmählich wieder aufging, fingen die Vögel an zu singen und Tajo dachte an das Glockenspiel vor ihrem Haus in Kolumbien, dachte an die vergilbte Trompete von Antonios Sohn in dem Restaurant an der Küste Perus, dachte an den tropfenden Brunnen im Hof der Mönche, dachte an all die Zeit, die vergangen war. Und von allen Melodien und all den Geräuschen, die ihm durch den Kopf gingen, war es am Ende das Getrappel der Kasuare, das alle anderen übertönte.